클라우스 미코슈 Claus Mikosch

1976년 독일의 뮌헨글라트바흐에서 태어났다. 학교를
졸업한 후 한동안 세계 여행을 하며, 대안적 마을 공
동체에 참여하기도 했으며, 동종요법을 공부해 대체의
학 치료사로 활동하기도 했다. 새로운 것을 시도하는
것을 좋아해서, 사진작가, 음반판매업자, DJ, 영화 제
작자 등 다양한 직종에서 일했다. 최근 몇 년 동안은
독일과 스페인을 오가며, 작가이자 시인인 증조부의
길을 따르는 작업을 이어가고 있다.

『리틀 붓다, 행복을 찾아서』는 독일에서 인기를 끌어,
e-book과 오디오북, 달력 등 여러 형태로 제작되었으
며 영문판으로도 출간되었다. 리틀 붓다 시리즈의 2권
『리틀 붓다, 사랑을 찾아서』와 3권『리틀 붓다, 변화를
안은 힘』은 독일의 독자들에게 함께 사랑받고 있다.

일러스트 게르트 알브레히트 Gert Albrecht

리틀 붓다

행복을 찾아서

DER KLEINE BUDDHA
AUF DEM WEG ZUM GLÜCK
by Claus Mikosch
illustrated by Gert Albrecht

리틀 붓다

행복을 찾아서

클라우스 미코슈 지음 | 김연수 옮김

새벽숲

세상의 모든 친구들에게

한국의 독자 여러분,

리틀 붓다가 한국에 간다니 대단히 기쁩니다. 나도
아직 가보지 않은 곳으로 내 아이가 여행을 떠나는 모
습을 지켜보는 설렘이랄까요. 언젠가 나도 리틀 붓다
를 따라 한국에 꼭 가보고 싶습니다.

이 책을 쓴 계기가 된 일화를 간단히 소개하려 합니
다. 스페인 남부에 살 때, 내가 살던 곳 가까이에 불교
사원이 있었습니다. 유럽에서 가장 큰 불교 사원 중
하나지요. 당시 네 살이었던 딸아이와 함께 그곳에 자
주 갔었답니다. 사원에 갔다고 하면 흔히들 기도를 하
러 갔겠거니 생각하겠지만, 단순히 경치를 감상하기
위해서였습니다. 언덕 위에 서 있는 사원은 지중해를
내려다보고 있었고, 맑은 날이면 저 멀리 아프리카까
지도 훤히 볼 수가 있었답니다.

딸아이와 나는 줄곧 사원을 걸었고, 어느 날부터인가 딸아이는 사원에 대해 이것저것 궁금한 것을 묻기 시작했습니다. 사원은 왜 그곳에 지어졌는지, 주인이 누구인지, 그리고 붓다라는 인물은 대체 누구인지. 나는 딸의 질문에 아는 만큼 최선을 다해 답했지만, 다른 누군가는 더 잘 설명해 줄 수 있을 것 같았습니다. 집에 돌아와 어린이에게 붓다의 삶에 대해 가르쳐 줄 책을 검색했지만 찾지 못했지요. 그 순간 그 자리에서, 내가 찾고 있는 책을 직접 쓰겠다는 결심을 했답니다.

시작은 단어 몇 개를 쓰는 것에서부터였습니다: '더 리틀 붓다(The Little Buddha).' 책의 제목이지요. 이 단어들은 초지일관 변하지 않고 유일하게 남은 원래의 생각이기도 합니다. 붓다에 관해 쓰는 일은 쉽지 않았습니다. 그때는 불교에 대해 아는 것이 지금보다도 훨씬 적었으니까요. 결국 딸아이를 위해 붓다에 관한 책을 쓰는 대신, 나의 친구들 ─ 그리고 언젠가 친구가 될 수 있는 모든 사람들 ─ 을 위해 인생에 관한 책을 쓰게 되었습니다. 다만 불교의 향기를 간직한, 불교의 철학과 색채가 은은하게 녹아 있는, 모두를 위한 책으로 탄생하게 되었습니다.

'리틀 붓다'라는 제목에서 느껴지는 불교적인 색채와 불교의 무상(Anicca)을 주제로 내가 만든 다큐멘터리, 매일 명상을 하는 나의 일과를 놓고 사람들은 나의 종교가 불교라고 생각하기도 합니다. 사실은 그렇지 않은데도요.

그렇지만 불교적인 영감은 불자에게만 떠오르는 것은 아니라고 믿습니다. 불교의 사상이나 철학은 불교를 종교로써 믿지 않는 사람들에게도 영감을 줄 수 있다고 생각합니다. 이렇게 내가 리틀 붓다를 쓸 수 있었던 것처럼요. 마찬가지로 이 책이 나의 친구들에게, 모든 독자들에게 긍정적인 영감을 줄 수 있기를 희망합니다.

당신의 종교적 신념이 무엇이든, 리틀 붓다는 당신에게 부담 없고 친근한 모습으로 다가갈 것입니다. 리틀 붓다와 함께 즐겁고 행복한 여행을 하기를 바랍니다.

클라우스 미코슈

차 례

리틀 붓다

먼 옛날, 머나먼 땅에 리틀 붓다가 살고 있었다. 그는 온종일 크고 오래된 보리수 아래의 넓고 평평한 돌 위에 앉아 명상을 했다. 아름답고 평화로운 그곳이 리틀 붓다의 집이었다.

　그는 깊게 호흡했다, 들이쉬고 내쉬며 어떤 한 생각에 머물지 않은 채. 그의 심장은 차분하게 뛰었고 온몸은 고요했다. 이따금 한가로이 흘러가는 구름을 바라보기도 했지만, 대개는 눈을 감고 느꼈다, 보이지 않는 바람의 소리를. 밤에도 그는 이렇게 앉아 있었다.

리틀 붓다는 명상을 하는 것이 즐거웠고, 오래된 보리수 아래의 평화로운 공간을 무척 좋아했다. 그런데도 그의 삶에 무언가가 결핍되어 있는 것만 같았다. 온전히 행복해지기 위해서 반드시 필요한 것. 하늘의 구름도 땅의 나무들도 줄 수 없는 것. 세상의 그 어떤 것으로도 대신할 수 없는, 세상 누구나 갈망하는 것.

그 무언가 없이 그럭저럭 지내려고 애를 써보았지만, 아무 소용이 없었다. 리틀 붓다는 속이 터질 것만 같았다. 언제나 모든 문제에 대한 해답을 주었던 차분한 호흡마저도 이번에는 도움이 되지 않았다. 그에게 부족했던 것은 바로 사람들과의 만남이었다.

대부분의 시간에 그는 완전히 혼자였으니까.

리틀 붓다에게는 단 한 명의 친구가 있었다. 걸어서 한 시간 거리에 사는 농부였다. 하지만 농부는 새벽부터 해 질 녘까지 들판에 나가 일을 해야 했기에 늘 바빴다. 리틀 붓다의 말동무가 되어 줄 시간이 좀처럼 나지 않았다. 농부 외에는, 보리수 아래로 리틀 붓다를 찾아오는 사람은 아무도 없었다.

물론 리틀 붓다가 혼자 있는 것을 즐겼던 순간들도 많았다. 하지만 항상 그랬을까? 매일 낮, 매일 밤, 늘 혼자라면 어떨까? 그것은 리틀 붓다에게도 감당하기 버거운 고독이었다. 결국 리틀 붓다도 보통 사람들과 다를 바 없었다. 세상 어느 누구도 늘 혼자 있고 싶지는 않을 테니까.

어느 날 농부가 오랜만에 찾아왔을 때, 리틀 붓다는 그만 참지 못하고 속마음을 털어놓았다.

"이제 혼자 있는 게 정말 지긋지긋해!"

리틀 붓다는 몹시 좌절한 듯 말했다.

"어째서?"

농부가 놀라서 물었다.

"난 네가 혼자 있는 걸 좋아하는 줄 알았어."

"맞아, 그럴 때도 있지. 하지만 늘 그런 건 아니야."

리틀 붓다는 슬프다 못해 절망한 것처럼 보였다.

농부는 그의 친구 리틀 붓다를 돕고 싶었지만, 어떻게 도와야 할지 몰랐다. 그는 온종일 일을 해야 했기에, 리틀 붓다를 더 자주 만나러 올 시간이 없었다. 그때 문득 좋은 생각이 떠올랐다.

"휴가를 떠나는 건 어때?"

리틀 붓다는 눈이 휘둥그레져서 농부를 바라보았다.

"휴가를 가라고?"

"그래, 바로 그거야. 당분간 이곳을 떠나 세상에서는 어떤 일들이 일어나고 있는지 구경하는 거야. 여행을 하면 다양한 사람들을 만나게 될 거고, 그들에게서 인생에 대해 많은 것을 배울 수 있겠지. 또 친구를 많이 사귀게 될 거야. 그러면 넌 혼자 있는 시간이 그렇게 많지 않을 테고. 어때, 네가 원하는 게 이런 거 아니니?"

조금 전까지 리틀 붓다가 느꼈던 깊은 절망감은 서서히 자신감으로 변해갔다.

'여행을 떠난다……'

리틀 붓다는 생각했다.

'새로운 사람들을 만난다……'

리틀 붓다의 얼굴에 다시 미소가 피어올랐다.

"그래, 그거 정말 좋은 생각이야! 내일 아침에 당장 떠나야겠어!"

농부도 덩달아 기분이 좋아지기 시작했다. 슬픔에 빠진 친구를 위해 아무것도 할 수 없을 때가 가장 속상한 법이니까.

"보리수 아래로 언젠가 꼭 돌아온다는 것만은 약속해."

"물론이야, 돌아올 거야."

리틀 붓다가 말했다.

"우선 세상을 좀 돌아보고. 누구를 만나게 될지 정말 궁금해. 고맙다, 친구. 네 말대로 리틀 붓다에게도 가끔은 휴가가 필요해."

그는 단순한 삶을 살았으므로, 여행을 위해 준비할 것이 별로 없었다. 농부는 어깨에 메는 멋진 가방을 선물로 주었고, 리틀 붓다는 그 안에 밤에 덮을 담요와 허기를 달랠 사과 몇 개를 넣었다. 그리고 보리수 아래의 집을 떠올리게 해줄 작고 하얀 조약돌을 함께 넣었다.

다음 날 아침, 리틀 붓다는 나이 든 보리수에게 작별 인사를 하고 길을 떠났다. 그는 태양이 막 떠오른 쪽을 향해 앞으로 나아가기 시작했다.

저 멀리 낯선 곳에서 무엇이 그를 기다리고 있는지 알 수 없었기에, 조금은 초조하기도 했다. 하지만 농부가 휴가라는 기특한 생각을 해냈다는 것이 마냥 기뻤다. 크고 오래된 보리수 아래의 집보다 더 아름답고 평화로운 곳은 아마 세상에 없을 테지만, 한 사람의 붓다가 평생토록 나무 아래에 앉아 있기 위해 태어난 것은 아니라는 확신이 들었다.

리틀 붓다의 여행은 시작되었다.

용기 있는 여인

여행길에 오른 지 반나절이 지났을 때, 리틀 붓다는
잠시 쉬어 가기로 했다. 먼 거리를 걷는 데 익숙하지
않았기에 발이 무척 아팠다. 지난 몇 년 동안 거의 꼼
짝 않고 보리수 아래에 앉아만 있었던 탓이었다.

　교차로를 지나자마자, 길에서 벗어나 언덕을 따라
몇 걸음 내려가니 작은 개울이 나타났다. 근처 산에서
흘러내려 온 맑은 물이 햇빛에 반짝였다. 시원한 물 한
모금을 마시고 나니, 갈증이 가시고 기분이 상쾌해졌
다. 그는 개울 옆 부드러운 풀밭에 앉아 한동안 명상

에 잠겼다.

　기운을 차린 리틀 붓다가 다시 언덕을 올라, 가던 길을 계속 가려던 그때, 한 젊은 여인이 눈에 들어왔다. 그녀는 그가 있는 쪽을 향해 걸어오기 시작했다. 호기심 많은 리틀 붓다는 그 자리에 멈추어 서서 그녀가 다가오기를 기다렸다.

　여인은 한 손에는 큰 가방을 들고, 다른 손으로는 머리에 이고 있는 동그란 바구니를 받치고 있었다.

　"안녕하세요."

　리틀 붓다가 인사를 건넸다.

　"안녕하세요."

　젊은 여인은 그를 스쳐 지나가며 인사했다.

　리틀 붓다는 그녀 옆에서 걷기 시작했다.

　"짐이 많네요. 같이 들어 드릴까요?"

　그 말에 젊은 여인은 걸음을 멈추고 미소 지으며, 머리에 이고 있던 커다란 바구니를 내려놓았다.

　"정말 친절하시네요."

　여인과 리틀 붓다는 커다란 바구니의 양쪽 손잡이를 하나씩 잡고, 길을 따라 함께 걸어갔다.

　"어디로 가세요?"

리틀 붓다가 물었다.

"도시로요."

여인이 밝은 목소리로 대답했다.

"당신은요?"

"발길 닿는 대로 가고 있어요."

그가 명랑하게 말했다.

"운명이 이끄는 곳으로요."

"어디로 가고 있는지 모른다고요?"

여인은 놀란 기색이었다.

"글쎄요. 지금은 휴가 중인 걸요. 어디로 가고 있는지 아는 건 별 의미가 없어요. 중요한 건, 혼자서 하루 종일 나무 아래에 앉아 있는 것 말고 뭔가 다른 일을 한다는 거예요."

이제 막 오후로 접어들었고, 아직 갈 길이 멀었다. 리틀 붓다는 도시에 대해 아는 것이 아무것도 없었지만, 그녀와 함께 가기로 했다. 어차피 여행 계획을 하나도 세우지 않았으니까. 그는 마침내 동행할 친구가 생겨서 기뻤다. 게다가 여인이 짐을 드는 것을 도와줄 수도 있었다. 누군가를 돕는다는 것은 기분 좋은 감정이었다.

"고향이 어디예요?"

리틀 붓다는 그녀가 궁금해졌다.

"바닷가 작은 마을에서 왔어요. 그곳에서 평생을 살 았어요."

여인은 잠시 생각에 잠겼다. 그녀는 슬퍼 보였다.

"이제는 바다가 좋지 않은가 봐요?"

리틀 붓다가 조심스럽게 물었다.

"지금도 바다가 좋아요. 바다는 한결같이 아름다운 걸요! 하지만 이제는 고향에 있으면 마음이 편치 않아 요. 그래서 도시로 가는 거예요. 변화가 필요한 때인가 봐요."

"왜 고향에서는 마음이 편치 않은데요?"

"얘기하자면 길어요. 하지만 우리는 시간이 많으 니……."

도시를 향해 걸어가는 동안, 여인은 리틀 붓다에게 자신의 이야기를 들려주었다.

나는 스무 살 때 남편과 결혼했어요. 우리는 가 족 모두와 친구들의 축복을 받으며 멋진 결혼식을 올렸어요. 우리는 행복했고 둘 다 아이를 원했어요.

그런데 2년 전 남편이 갑자기 세상을 떠나고 말았어요. 사고였어요. 그가 탄 고기잡이배가 거센 비바람에 휩쓸려 떠내려가 버렸어요. 결혼한 지 1년 만에 나는 하루아침에 혼자가 되었어요. 세상이 무너지는 것 같아 울기만 했어요.

슬픔 속에서 몇 달을 지내고 나서야 나는 조금씩 나아졌어요. 인생을 새롭게 시작하고 싶었어요. 어쨌든 나는 살아 있었으니까요. 하지만 머지않아 고향에 있는 한 새로운 시작이 불가능하다는 걸 깨달았어요.

남편을 잃은 여자는 그의 죽음을 애도하며 남은 인생을 살아야 한다고 사람들은 믿고 있었어요. 그게 전통을 따르는 길이었으니까요. 새로운 남자를 만나서도, 웃어서도, 행복해해서도 안 되었어요. 내 인생도 침몰한 것만 같았어요.

오랜 시간 나는 이 전통에 순응하며 살았어요. 사람들의 의견을 거슬러 스스로를 지키기에 나는 너무 약했으니까요. 하지만 결정을 내려야 하는 시점이 되었어요. 고향 마을에 혼자 남아 영원히 슬퍼하거나, 다른 곳에서 새로운 삶을 시작하거나. 다시 행복해지기 위해서는 결정을 해야 했어요.

나는 우리 마을과 바다, 가족과 친구들을 사랑해요. 그렇지만 강요로 인해 내가 행복할 수 없을 땐, 모든 게 부질없게 느껴져요. 아직도 죽은 남편 생각이 나요. 그를 많이 사랑했어요. 하지만 애도의 시간은 충분했다고 생각해요.

이제는 앞만 바라보기로 했어요. 이 작은 마을에서는 새롭게 시작할 수 없기 때문에 다른 곳으로 가기로 마음먹은 거예요.

내 인생의 새로운 장을 열기로 결심했어요.

리틀 붓다는 그녀의 이야기를 끝까지 귀 기울여 들었다. 슬픈 이야기였지만, 이 젊은 여인의 용기에 감탄하지 않을 수 없었다. 그가 이해하지 못한 것은, 오히려 그녀와 가장 가까운 사람들의 행동이었다.

"왜 가족과 친구들은 당신을 돕지 않았나요? 당신이 슬픔 속에서 남은 인생을 사는 걸 바라기라도 했단 말인가요?"

젊은 여인은 잠시 망설이다가 대답했다.

"아니요, 내가 슬픔 속에서 살기를 바라지는 않았을 거예요. 하지만 나를 지지하지 않은 건 사실이에요. 가족과 친구들은 모두 전통에 얽매여 있는 것 같아요. 그들은 실수를 두려워해요. 마을 전체와 같은 편에 서 있다는 확신 없이, 소외되는 게 두려운 거죠. 이 두려움 때문에 그들은 모든 걸 지금까지와 같은 방식으로만 하려고 해요."

여인은 잠시 말이 없었다.

"어쩌면 마을 사람들 모두가 그런 삶의 방식에 만족하고 있을지도 모르죠. 하지만 그건 내가 원하는 삶이 아니에요."

그녀와 같은 상황이었다면 자신 또한 행복하지 않았으리라는 것을 리틀 붓다는 알았다. 그리고 자신에게도 많은 어려움 속에서 새롭게 시작할 수 있는 용기가 있었으면 좋겠다는 생각이 들었다.

"그런데 말이에요."

젊은 여인은 마치 리틀 붓다의 마음속을 꿰뚫어 보기라도 하듯 말을 이었다.

"인생을 살다 보면 아무리 원해도 스스로의 힘으로 바꿀 수 없는 일들을 마주할 때가 있어요. 그럴 때는 있는 그대로를 받아들이면 돼요. 반면에 스스로의 힘으로 바꿀 수 있는 것들이 있어요. 우리는 바꿀 수 있는 것들에 힘을 모아야 해요. 남편이 이 세상에 없다는 건 내 힘으로 어떻게 할 수 없는 일이에요. 하지만 나는 살아가야 하고, 슬픈 삶을 사느냐 행복한 삶을 사느냐는 오직 나 자신에게 달려 있어요."

그들은 잠시 동안 그대로 선 채 마주 보며, 서로의 얼굴 가득 피어오르는 행복한 미소를 보았다. 젊은 여인은 고향 마을을 떠났다는 사실이 기뻤다. 이제 더 이상 슬퍼하지 않아도 되었다. 그리고 리틀 붓다는 여행을 떠나기로 결심했다는 사실이 기뻤다. 이제 더 이상 혼자가 아니었다.

그들은 말없이 계속 걸었다. 같은 생각을 하면서.

'때로는 첫발을 내디딜 용기가 필요하다.'

방향을 정하라. 결심하라. 그리고 생각을 멈추고 시작하라.

잘난 척하는 교수

저녁 무렵 리틀 붓다와 젊은 여인은 외딴 마을에 이르렀다. 도시를 향해 좀 더 걸어갈 시간적 여유가 있었지만, 다음 날 마저 걷기로 했다. 하루 종일 걸었더니 몹시 피곤했다.

운 좋게도 마을에 단 하나뿐인 게스트하우스에 침대 두 개가 남아 있었다. 주인은 친절하게 맞이하며 방으로 안내해 주었다. 그리고 허기진 여행자들을 위해 저녁 식사를 준비하기 시작했다. 곧 맛있는 냄새가 온 집을 가득 채웠다. 이 모든 것만으로는 충분하지 않다는 듯, 게스트하우스는 또 다른 기쁨을 선사했다. 아름다운 계곡이 내려다보이는 전망 좋은 테라스!

음식이 나오기를 기다리는 동안 리틀 붓다와 젊은 여인은 테라스에 놓인 두 개의 해먹에 누워 노을이 아름답게 물드는 광경을 감상했다. 힘든 하루를 끝내고 천천히 저무는 해를 바라보며 쉴 때보다 더 행복한 순간이 있을까.

음식은 더할 나위 없이 훌륭했다. 냄새를 훨씬 뛰어넘는 맛이었다. 리틀 붓다와 젊은 여인은 천국에 있는 것만 같았다. 저녁 식사를 마친 후, 그들은 잠시 그대로 앉아 차를 마셨다.

리틀 붓다는 도시에는 대체 무엇이 있을까 생각해 보았다. 그는 도시에 가본 적이 없었다. 다만 열 개의 큰 마을을 합쳐 놓은 것만큼 크고, 사람들과 기회로 가득 찬 곳일 거라고 상상했다.

젊은 여인은 도시에 대한 기대에 부풀어 있었지만, 동시에 조금 두렵기도 했다. 직업이 없었기 때문에 그녀는 불안했다. 사실, 그녀는 학교를 제대로 다니지 못했다. 어린 시절부터 빨래, 청소, 요리 등의 집안일을 돌보았다. 결혼 전에는 친정에서, 결혼 후에는 시댁에서 일을 도맡아 했다. 그녀는 스스로 돈을 벌어 본 적이 없었다. 이제껏 딱히 돈이 필요하지 않았기 때문이었다. 그러나 상황이 갑자기 달라졌다. 도시에서 살아가려면 많은 돈이 필요하고, 돈을 벌기 위해서는 일을 해야 한다는 것을 그녀는 알고 있었다.

"도시에 가서 어떻게 직업을 구해야 할지 모르겠어요."

도시에서 일어날 수 있는 일들을 마음속으로 그려 보며 아직도 생각에 잠겨 있는 리틀 붓다에게 그녀가 말했다.

"때론 희망이 보이지 않아요. 돈을 버는 데 필요한 기술이 내겐 전혀 없다는 걸 생각할 때면요. 그물도 낚싯대도 없이 낚시를 하러 가는 그런 기분이에요. 어떻게 해야 도시에서 살아남을 수 있을까요?"

공상에서 깨어난 리틀 붓다는 친구의 걱정을 함께 고민하기 시작했다. 틀림없이 그녀를 도울 방법을 찾을 수 있을 거라고 그는 믿었다.

리틀 붓다가 방법을 생각하고 있을 때, 불쑥 한 노인이 다가왔다. 그는 동그란 안경을 쓰고 파이프를 입에 물고 있었다.

"실례 좀 하겠네."

노인은 머뭇거리면서도 단호한 목소리로 말했다.

"옆 테이블에 있다가 우연히 대화를 듣게 되었네. 괜찮다면 이야기를 하나 해주고 싶구려. 얼마 전 친구가 내게 들려준 실화일세."

노인은 파이프를 한 모금 빤 다음, 반신반의하는 표정으로 젊은 여인을 바라보았다.

"지식과 기술에 관한 이야기라네."

젊은 여인은 약간 어리둥절했다. 그러나 한편으로는 노인이 왜 다가왔는지, 무슨 말을 하고 싶은 것인지 궁금하기도 했다.

"앉아도 되겠는가?"

노인이 빈 의자를 가리키며 물었다.

리틀 붓다와 젊은 여인은 고개를 끄덕였다.

"고맙네."

노인은 인사를 하고, 의자에 앉았다.

"내 이야기가 도움이 될 걸세."

이전에 만난 적이 없지만, 리틀 붓다와 젊은 여인은 이 낯선 노인에게서 왠지 모를 친근함을 느꼈다. 그에게는 차분하면서도 마음을 사로잡는 매력이 있었다.

"기대되는데요."

젊은 여인은 조심스럽게 미소 지으며 말했다.

노인은 파이프를 길게 한 모금 더 빨고는 이야기를
시작했다.

수년 전 '데스페라도'라는 이름의 큰 배가 항해를
하고 있었다네. 배에는 선장과 선원들, 그리고 교수
한 명이 타고 있었네. 교수는 2년간의 연구를 마치
고 집으로 돌아가는 길이었네.

긴 항해를 하는 동안 선장과 선원들은 자주 교수
의 객실에 모여, 그의 지혜를 배우고자 했다네.

교수는 때때로 그들의 상식을 시험했지.

"말해 보시오, 지리학에 대해 아는 것이 무엇이오?"

교수의 물음에 선장과 선원들이 대답했네.

"우리는 지리학이 뭔지 모릅니다."

"뭐라고요? 지리학이 뭔지 모른단 말이오? 세상에! 지리학은 지구에 관한 과학입니다. 지금까지 살면서 뭘 했단 말입니까?"

선장과 선원들은 당혹스러웠다네. 지금껏 무얼하며 살았단 말인가! 어떻게 지리학이 뭔지도 몰랐단 말인가! 그들 모두 스스로를 한심하게 느꼈다네.

며칠 뒤에 그들은 다시 교수의 객실에 모였고, 교수는 또다시 그들의 지식을 시험하려 했지.

"이번에는 수학에 대해 아는 것을 말해 보겠소?"

"우린 수학이 뭔지 전혀 모릅니다."

"뭐라고요? 수학이 뭔지 모른다고요? 수학은 숫자에 관한 과학입니다. 이것도 모르다니, 당신들은 인생 전체를 낭비한 거요. 믿을 수가 없군요."

선장과 선원들은 더욱 당혹스러웠네. 자신들이 너무나 한심해 보였고, 지금까지 살아온 인생이 갑자기 가치 없게 느껴졌다네.

며칠 뒤에 모두가 다시 교수의 객실에 모였네.

"다른 질문을 하나 하겠소. 생물학에 대해 무엇을 알고 있소?"

"가르쳐 주십시오, 저희들은 하나도 모릅니다."

"설마! 생물학이 뭔지도 모른다고요? 생물학은 세포와 동물에 관한……. 대체 아는 게 있긴 한 거요? 역시나 당신들은 인생 전체를 낭비한 것 같군요."

선장과 선원들은 또다시 매우 당황스러웠고, 이제는 의기소침해지기까지 했다네. 대체 지금까지 무얼 하며 살았단 말인가?

이틀 후 '데스페라도'는 거센 폭풍우 속을 지나고 있었네. 선원 한 명이 황급히 교수의 객실로 뛰어와 요란스럽게 문을 두드렸네.

"교수님, 빨리 나오십시오!"

교수가 문을 열었네.

"감히 내 공부를 방해하다니! 무슨 일이오?"

"폭풍우에 배가 많이 손상되었습니다. 우리 모두 배에서 뛰어내려 죽을힘을 다해 헤엄쳐야 해요."

"뭐, 헤엄? 난 헤엄칠 줄 모른단 말이오."

"네? 헤엄을 칠 줄 모른다고요? 아, 교수님, 그렇다면 정말 큰일이군요⋯⋯. 당신은 인생 전체를 낭비했으니!"

세 사람은 잠시 동안 침묵했다.
"좋은 이야기로군요."
리틀 붓다가 말했다.
"맞아요."
젊은 여인이 이어서 말했다.
"하지만 이야기를 듣고 나니 더 불안해지기도 해요. 헤엄칠 줄 모르는 사람은 바다로 나가서는 안 된다는 말처럼 들리는데요. 그러니까 도시에서 살아가기 위해 필요한 지식이 없다면, 도시로 가서는 안 되는 거겠네요."

젊은 여인은 미심쩍은 표정으로 나이 든 이야기꾼을 바라보았다.
"아니면 제 말이 틀렸나요?"
"자네 말이 무슨 뜻인지는 알겠네. 그 말도 일리가 있어. 사람은 누구나 자신이 처한 상황에서 꼭 필요한 것을 배우게 되지. 생존을 위해 반드시 필요한 지식을.

물론 도시에서 살아가는 데 필요한 지식은 바다에서 살아가는 데 필요한 지식과는 다른 것이라네. 결국 이야기의 교훈은 바로 여기에 있네.

지식은 상대적이라는 것!"

노인은 다시 파이프에 불을 붙였다.

"하지만 걱정 말게. 도시에 가는 걸 두려워하지 않아도 된다네. 새로운 것을 배울 마음의 준비가 되어 있다면!"

잠시 정적이 흐른 후, 노인은 말을 이었다.

"교수는 아주 오만했고, 세상에 대해 모든 걸 다 아는 것처럼 행동했지. 선장과 선원들의 삶, 바다에서 살아온 그들의 이야기와 경험을 통해 얻은 지식에는 아무런 관심이 없었지. 오히려 무례한 태도로 그들을 대하고 모멸감을 주었네. 계속 가르치려고만 하는 대신, 그들의 말을 한 번이라도 귀담아들었더라면, 헤엄치는 법을 아는 것이야말로 뱃사람의 삶에서 가장 중요하다는 것쯤은 배울 수 있었겠지. 그리고 그가 관심을 보였다면, 누군가 헤엄치는 법을 가르쳐 주었을 것이네.

하지만 교수는 배우려고 하지 않았네. 가르치려고만 했을 뿐이었지."

리틀 붓다와 젊은 여인은 이 낯선 노인의 말을 이해할 수 있었다. 물론 도시는 그들에게 도전으로 다가오겠지만, 두려워할 이유는 없었다. 특히 지식이 부족하기 때문이라는 것은 그럴싸한 핑계에 불과했다. 지식은 얻을 수 있는 것이니까.

"실은 별거 없다네."

의자에서 일어나면서 노인은 다시 파이프를 한 모금 빨았다.

"마음을 열고 새로운 상황에 다가서기만 하면 된다네. 호기심을 가지고, 존중하는 마음으로 사람들을 대하게. 그리고 무엇보다도 믿음을 가지게. 모든 것이 순리대로 펼쳐질 것이라는 믿음 말일세."

그리고 노인은 나타났을 때처럼 홀연히 사라졌다.

하룻밤을 편히 쉰 후, 다음 날 아침 두 사람은 여행을 계속했다. 어느새 좁은 길에서 벗어나, 넓게 뻗은 길을 걷고 있었다. 도시로 향하는 사람들이 점차 많아졌다.

한 걸음 한 걸음 목적지에 가까워져 갔다. 리틀 붓다는 전날 저녁에 나누었던 대화를 떠올렸다. 그는 젊은 여인이 여전히 도시에서 살아갈 일을 걱정하고 있는지 궁금했다.

"기분은 좀 나아졌어요?"

"네, 아주 많이요."

여인은 훨씬 더 밝아 보였다.

"어떻게 하면 돈을 벌 수 있을지는 아직 모르겠지만, 노인의 이야기에 용기를 얻었어요. 걱정만 하는 대신, 이젠 자신감을 가지고 도시로 가려고 해요."

리틀 붓다는 미소 지었다.

"일자리를 꼭 찾게 될 거예요. 좋은 일이 생길 거라고 진심으로 믿으면 틀림없이 그렇게 될 거예요."

정오 무렵 그들은 도시에 도착했다. 리틀 붓다와 젊은 여인은 각자의 길을 가기로 했다. 짧은 시간 만에 좋은 친구가 되었지만, 둘은 각각 마을을 둘러보고 싶었다.

"여행에서 멋진 일들을 많이 경험하길 바랄게요."

젊은 여인이 말했다.

"도시에서는 고향에서보다 행복한 일들이 더 많았으면 해요. 친구가 되어 줘서 고마워요."

서로 끌어안고 작별 인사를 할 때, 눈물이 젊은 여인의 뺨을 타고 흘러내렸다.

"몸조심하세요. 언젠가 다시 만날 때까지."

그녀가 말했다.

"네, 언젠가."

리틀 붓다가 답했다.

"그리고 잊지 말아요.

귀를 활짝 열고 세상으로 나가세요. 인생이 당신에게 속삭이는 이야기를 들을 수 있을 거예요."

고민에 빠진 상인

모든 것은 리틀 붓다가 상상했던 것보다 훨씬 더 크고, 더 시끄럽고, 더 빠르게 움직이고 있었다. 도시는 잠에서 깨어나고 있는 화산처럼 부글부글 끓고 있었다. 구석구석 사람들로 붐볐고, 교차로마다 마차들이 종횡무진 가로질러 달렸고, 소들이 분주하게 돌아다니고 있었다. 일대 혼란이 바로 그의 눈앞에서 펼쳐지고 있었다. 하지만 리틀 붓다는 이 숨 가쁜 혼돈의 한가운데에서 수없이 많은 흥밋거리를 발견하고 그 속에 빠져들게 될 것만 같은 생각이 들었다. 특히 인생의 대부분을 나무 아래에서 명상을 하며 지낸 그로서는.

한 예로, 리틀 붓다는 지금까지 꽃을 파는 가게를 본 적이 없었다. 꽃을 왜 돈을 주고 사야 하는지 이해가 가지 않았다. 꽃은 어느 들판에나 저절로 피어 있는데 말이다.

그런가 하면, 그를 완전히 매료시킨 것이 있었다. 곳곳에 있는 수많은 옷가게였다. 상상할 수 있는 색상과 모양의 옷이라면 무엇이든 살 수 있었다. 옷의 종류가 그렇게 많다는 사실이 너무나 놀라웠다.

리틀 붓다가 놀랐던 이유는 또 있었다. 도시에서는 모든 사람들이 끊임없이 움직이고 있었다. 잠시라도 가만히 있는 사람이 없었다. 마치 제정신이 아닌 개미들처럼 여기저기 뛰어다니거나 누군가와 이야기를 했다. 아니면 먹거나 마시거나 뭔가 다른 일을 하느라 바빴다. 딱히 아무것도 하고 있지 않는 사람들조차도 할 일을 찾고 있는 것처럼 보였다. 마치 머릿속으로 열심히 일을 하고 있는 듯이.

'도시 사람들은 무슨 일을 하든지 간에 쉴 때가 없구나.'

그는 눈으로 보고도 믿을 수가 없었다.

얼마 후에 리틀 붓다는 커다란 시장에 도착했다. 지역 상인들이 신선한 과일과 채소를 팔고 있었다. 시장을 이리저리 둘러보니, 대부분의 가게에는 똑같은 물건들이 있었다. 그는 사과를 사고 싶었지만 많은 가게들 가운데 어느 가게로 가야 할지 몰랐다. 이런저런 생각을 하는 대신, 그는 가장 먼저 눈에 띄는 가게로 가서 높이 쌓아 올린 과일 더미 앞에 멈추어 섰다.

리틀 붓다는 눈을 동그랗게 뜨고 그 많은 사과를 바라보았다.

"맛있는 사과 하나를 사고 싶은데요."

리틀 붓다가 말했다.

"단 게 좋아요, 신 게 좋아요?"

상인이 물었다.

"단 거요. 아, 새콤달콤한 사과면 더 좋겠어요."

"있고 말고요."

상인은 리틀 붓다에게 잘 익은 사과 하나를 건네주었다.

"이 도시엔 처음이죠, 아닌가요?"

"네, 어떻게 아셨어요?"

리틀 붓다는 놀라며 천진난만하게 물었다.

"음, 그렇게 여유롭게 시장을 어슬렁거리며, 세월아 네월아 다니는 사람은 찾아보기 힘들거든요. 이곳 사람들은 시간이 많지 않아요."

"나도 눈치챘어요. 안타깝지만."

리틀 붓다는 사과를 한입 베어 물고는, 몹시 만족스러워하며 맛을 음미했다.

"태어나서 먹어 본 사과 중에 제일 맛있어요."

상인은 겸손하게 미소 지었다.

잠시 동안 그들은 말없이 서서 부산하게 돌아가는 시장을 바라보았다. 그러다가 갑자기 리틀 붓다는 그날 밤 잘 곳이 없다는 것을 깨달았다.

"혹시 오늘 밤에 묵을 만한 곳을 아세요?"

"괜찮다면 우리 집으로 가요."

상인이 대답했다.

"지낼 만할 테니."

"고맙습니다. 덕분에 걱정을 덜었어요."

리틀 붓다는 몹시 기뻤다.

순간 게스트하우스에서 만난 노인의 말이 떠올랐다.

'마음을 열고 믿음을 가지면 모든 일은 저절로 이루어질 것이다.'

그의 말이 맞았다. 도시는 두 팔 벌려 리틀 붓다를 반겨 주었다.

처음에 리틀 붓다는 상인의 집에서 하룻밤만 묵을 생각이었지만, 곧 시간이 더 필요하다고 느꼈다. 도시에는 보고 경험할 것들이 넘쳐 났고, 재미있는 사람들을 만날 기회도 많았다. 리틀 붓다는 신이 났다. 처음으로 느껴 보는 이런 들뜬 기분을 더 오래 만끽하고 싶었다. 그리고 마침 상인도 선뜻 허락했기에, 리틀 붓다는 상인의 집에서 좀 더 머물기로 했다. 물론 때때로 보리수 아래의 집이 생각났지만, 돌아가기에는 너무 일렀다. 그의 여정은 이제 막 시작되었으니까.

어느 날 저녁, 마을을 구경하고 집으로 돌아온 리틀 붓다는 한쪽 구석에 우울한 표정으로 앉아 있는 상인을 보았다.

"무슨 일 있어요?"

"휴."

친절한 상인은 한숨을 쉬었다.

"장사가 잘 되지 않아요. 정말 걱정이에요. 사람들이 다른 가게들로만 가요. 내 가게로는 아무도 오지 않아요."

"그렇지 않아요, 난 당신 가게로 갔던 걸요."

"그랬죠, 하지만 그건 단지 운이었어요. 최근에는 그 운이란 게 자주 찾아오지 않아요."

상인은 아주 절망스러워 보였다. 실제로 시장의 다른 가게들에 비해 그의 손님은 아주 적었다. 어떤 이유에서인지 사람들은 그의 가게로 오지 않았다.

"운을 믿어요?"

리틀 붓다는 뜻밖의 질문을 던졌다.

상인은 무슨 말을 해야 할지 몰라 리틀 붓다를 바라보기만 했다.

잠깐의 침묵이 흐른 후, 리틀 붓다가 말을 이었다.

"사실 나는 운을 믿지 않아요. 좋은 운이든 나쁜 운이든. 다만 누구나 자신이 찾고 있는 것을 반드시 발견하게 될 거라고 생각해요."

상인은 리틀 붓다를 더욱 빤히 쳐다보았다.

"당신은 시장에서 하는 일을 정말로 원해서 하는 것 같지 않다는 인상을 받았어요."

상인은 아무 말도 하지 않았지만 그의 침묵은 리틀 붓다의 추측이 옳다는 것을 확인시켜 주었다. 며칠 전부터 이미 리틀 붓다는 상인에게 무슨 문제가 있다는 것을 느끼고 있었다. 그는 늘 친절했지만 행복해 보이지 않았다.

"내 생각에 당신은 시장에서 장사를 하면서는 찾을 수 없는 뭔가를 찾고 있는 것 같군요. 아마도 그게 장사가 잘되지 않는 이유일지도 모르겠네요.

왜냐하면 무슨 일이든 정말로 원해서 하는 일이 아니라면, 성공하기란 매우 어려우니까요."

"하지만 하고 싶은 일을 한다는 게 생각처럼 쉽지가 않아요."

상인이 말했다.

"나는 돈을 벌어야 하고, 그래서 시장에서 과일과

채소를 팔고 있어요. 내가 무슨 일을 하고 싶은지는 중요하지 않아요. 뭐라도 해서 돈을 벌어야만 하거든요."

"물론 이해해요. 그래도 잠시 돈에 대한 걱정은 접어 두세요."

"살아가기 위해서는 돈이 필요한데, 어떻게 돈 생각을 안 할 수 있겠어요?"

"한번 해 보세요, 잠깐 동안만이라도."

리틀 붓다는 끈기 있게 설득했다.

"난 알고 있어요. 당신에게 이루지 못한 꿈이 있다는 걸."

"모르겠어요."

상인은 자신이 무엇을 좋아하는지, 무엇을 할 때 행복한지 생각해 본 적이 없었다. 그의 머릿속은 온통 시장에 대한 생각으로 가득 차 있었다. 한가롭게 꿈에 대해 생각할 여유가 없었다.

"나는 글을 쓰는 걸 좋아해요."

상인이 마침내 말했다.

"그리고 음악도 좋아해요. 젊었을 땐 언젠가 음악에 관한 책을 쓰고 싶다는 생각을 자주 했었어요."

"여전히 그걸 하고 싶어요?"

"네, 언젠가는."

"왜 지금 하지 않아요?"

"왜냐하면 지금은……."

상인은 대답하려고 했지만, 적당한 말이 생각나지 않았다.

"음악에 관한 책을 쓴다면."

리틀 붓다는 말을 이었다.

"그러니까 당신이 좋아하는 일을 한다면, 훨씬 행복한 삶을 살게 될 거예요. 그리고 결과적으로 더 많은 사람들이 과일과 채소를 사러 당신 가게로 올 거예요."

"하지만 시장에서 나는 여전히 원하지 않는 일을 하고 있을 텐데, 달라질 게 뭐가 있겠어요?"

"사람들은 행복한 사람에게 끌리기 마련이에요. 우린 늘 행복을 만날 수 있는 곳으로 찾아가니까요."

상인은 리틀 붓다의 말에 동의하지 않을 수 없었다. 누가 우울한 사람과 같이 있고 싶어 할까? 아무도 없을 것이다. 더구나 물건을 사러 시장에 온 사람 중에는.

하지만 상인이 이해하지 못한 것이 한 가지 더 있었다.

"그럼 당신은요? 내가 행복하지 않았는데도 당신은 내 가게로 왔잖아요?"

"네, 그랬죠."

리틀 붓다가 말했다.

"하지만 우리는 다른 이유로 서로에게 끌렸던 것 같아요. 이렇게 생각해 봐요. 내겐 잘 곳이 필요했어요. 그리고 당신은 꿈을 일깨워 줄 사람을 찾고 있었던 거예요. 보다 행복한 삶을 살기 위해서. 결국 우린 둘 다 찾고 있던 걸 발견하게 된 거죠."

그들은 미소 지었다. 하지만 곧 상인은 또 다른 의문이 들었다.

"그런데 언제 책을 쓴단 말이에요? 시간이 전혀 나지 않아요. 말했듯이 나는 돈을 벌어야 한다고요."

그는 우는소리를 했다.

"알아요, 시장 일을 그만두라는 얘기는 아니에요. 가게 문을 닫은 후의 시간을 활용하는 건 어때요?"

리틀 붓다는 하고 싶은 말을 조심스럽게 표현하기 위해 잠시 멈추었다.

"일을 마치고 집에 오면, 당신은 늘 바쁘다고 느끼겠죠. 하지만 스스로에게 솔직해진다면, 사실 별다른 일을 하지 않는다는 걸 인정해야 할 거예요. 적어도 중요한 일을 하지는 않잖아요. 힘든 하루 일을 마친 후에 쉬고 싶은 마음은 이해해요. 그래도 그 시간을 쪼개서 글 쓰는 일에 할애하는 건 어때요? 처음엔 노력이 필요하겠지만요. 나도 명상을 처음 시작했을 땐 그랬어요. 하지만 익숙해지기까지는 오래 걸리지 않을 거고, 곧 자연스럽게 일상의 한 부분이 될 거예요. 그렇게 하면, 시장에서 긴 하루를 보내는 동안 기쁜 마음으로 기다릴 무언가를 갖게 될 거예요."

리틀 붓다는 상인이 어떻게든 핑계를 찾으려고 애를 쓰는 모습이 눈에 보였다. 하지만 상인은 핑계를 찾지 못했다.

"당신 말이 맞아요."

그는 마침내 인정했다.

그리고 그날 저녁부터 상인은 글을 쓰기 시작했다. 이 도시 저 도시를 떠도는 거리의 작은 악단 이야기를.

상인은 새로운 일에서 행복을 느꼈다. 낮에는 평소처럼 시장에서 과일과 채소를 팔았다. 그러다가 한가해질 때면 책의 줄거리를 구상했다. 늘 그랬던 것처럼, 그는 하루에 한 번, 30분간 휴식을 가졌다. 하지만 이전처럼 신문을 읽는 대신에, 시장 광장의 서쪽 끝으로 가서 거리의 악단이 연주하는 모습을 지켜보며 책에 대한 새로운 영감을 얻었다. 그리고 저녁이 되면 종이 더미 앞에 앉아 글을 써 내려갔다.

가격을 변경하거나 다른 어떤 변화를 주지 않았지만, 얼마 지나지 않아 더 많은 사람들이 그의 가게로 오기 시작했다. 새로운 친구의 말이 옳았다. 과연 사람들은 직감적으로 행복한 사람을 만날 수 있는 곳으로 찾아갔다.

며칠 후 집으로 돌아온 상인은 그날 시장에서 있었던 일을 리틀 붓다에게 이야기했다. 한 여자가 가게로 와 그에게 행복해 보이는 이유를 물어보았다고 했다.

"그래서 뭐라고 했어요?"

리틀 붓다는 알고 싶었다.

"내가 행복한 이유는 매일 나에게 즐거움을 주는 일을 하기 때문이라고요."

상인은 새로운 일에 많은 열정을 쏟았고, 그래서 슬프거나 기분이 좋지 않을 이유가 없었다.

"책이 완성되고 사람들이 내 책을 사는 상상을 해봤어요. 그런 날이 오면 더 이상 시장에서 일하지 않아도 될 거고, 글을 더 많이 쓸 수 있을 거예요."

상인은 작가로 성공한 앞날을 마음속에 그려 보았다.

"그래요, 당신이 쓴 책은 잘 팔릴 거예요."

리틀 붓다가 말했다.

"그리고 훨씬 더 많은 글을 쓸 수 있을 거예요. 하지만 내가 당신이라면 장사를 완전히 접는 것에 대해서는 신중하게 생각해 보겠어요."

"왜요?"

상인은 의아해하며 물었다.

리틀 붓다는 그의 눈을 깊이 바라보았다.

"글쎄요. 앞으로 시장에서 또 어떤 사람들을 만나게 될지 알 수 없는 일이니까요……."

리틀 붓다는 도시의 매력에 흠뻑 빠져들었다. 그곳에서 살고 싶어서라기보다는, 도시에는 보고 경험할 수 있는 것들이 믿을 수 없을 정도로 많기 때문이었다. 무엇보다도 그는 사람들에게 끌렸다. 각양각색의 사람들이 있었다. 큰 사람, 작은 사람, 뚱뚱한 사람, 날씬한 사람, 예쁜 사람, 못생긴 사람, 부유한 사람, 가난한 사람, 친절한 사람, 심술궂은 사람, 행복한 사람, 슬픈 사람, 현명한 사람, 미친 사람, 그 밖에도 많고 많은 사람들이 있었다. 그런데 이상하게도, 그 많은 사람들 중에는 외로운 사람도 있었다.

　미스터 싱은 외로운 사람이었다. 그는 외로웠을 뿐
만 아니라 몹시 바빴다. 더 정확히 말하면, 정신없이
바쁘기 때문에 외로웠다.

　그는 단 일 분이라도, 가만히 한 자세로 있지 못했
다. 앉아 있을 때는 시종일관 몸을 앞뒤로 왔다 갔다
했고, 서 있을 때도 줄곧 두 발을 번갈아 디디며 앞뒤
로 흔들거렸다. 그리고 어느 쪽으로든 몸을 움직이지
않을 때면, 쉴 새 없이 떠들어 댔다.

　어느 날 아침 차이 하우스에서 리틀 붓다는 처음으
로 미스터 싱을 만났다. 상인과 함께 지내는 동안 아
침마다 정신을 맑게 해주는 차이를 마시며 하루를 시
작하는 습관이 생겼다. 몇 군데 차이 하우스를 돌아본
리틀 붓다는 마침내 가장 마음에 드는 곳을 찾았고,
매일 아침 그곳에 들렀다. 하루는 그가 차이 하우스에
앉아 있는데, 미스터 싱이 허겁지겁 들어와 차이를 주
문했다.

　미스터 싱은 차이 잔을 들고 등받이가 없는 의자로
가서 앉았다. 그리고 작은 탁자 위에 잔을 올려놓고

책을 읽기 시작했다. 마치 책 한 권을 한 시간 안에 다 읽어야 하는 것처럼 매우 빠른 속도로 읽었다. 물론 책을 읽는 동안에도 쉬지 않고 앞뒤로 몸을 움직이고 있었다.

리틀 붓다는 몹시 바쁜 이 남자를 꽤 오랫동안 바라보았다. 다른 사람과 이야기하는 것에 늘 관심이 많았던 리틀 붓다는, 결국 그에게 왜 그렇게 책을 빨리 읽고 있는지 물었다.

미스터 싱은 계속 몸을 흔들거리며, 옆자리에 앉은 리틀 붓다를 흘긋 보았다.

"시간이 없으니까."

그는 짧게 대답했다.

"왜 시간이 없는데요?"

호기심 많은 리틀 붓다는 알고 싶었지만, 아무런 대답도 들을 수 없었다. 미스터 싱은 갑자기 자리에서 일어나 차이 값을 지불하고, 차이 하우스 주인과 리틀 붓다에게 "이만 가야겠소."라는 말로 작별 인사를 하고, 재빨리 아침 거리의 군중 속으로 사라졌다.

'재밌는 사람이로군.'

리틀 붓다는 생각했다.

이틀 후에도 똑같은 상황이 반복되었다. 리틀 붓다가 차이를 마시며 앉아 있는데, 미스터 싱이 허겁지겁 들어오더니 서둘러 차이를 마시고, 시간이 없다는 말을 남기고 아늑한 차이 하우스를 쏜살같이 빠져나갔다.

'이 사람 정말 이상하네.'

다음 날도 똑같은 상황이 펼쳐졌다. 미스터 싱이 들어와 서둘러 차이를 주문하고, 의자에 앉아 몸을 흔들거렸다. 그리고 책을 꺼내어 이번에도 역시 빠른 속도로 읽기 시작했다. 몇 분이 지나, 리틀 붓다는 미스터 싱에게 또다시 말을 걸어 보았다. 일단 미스터 싱은 이전과 같은 반응을 보였다.

"시간이 없소."

"전혀요?"

리틀 붓다가 물었다.

"그렇소, 전혀."

"왜 없어요?"

리틀 붓다는 끈기 있게 물었다.

"알았소."

미스터 싱이 마침내 대화에 응했다.

"빨리 설명하지."

"고맙습니다."

리틀 붓다는 조금 안심이 되었다. 대화를 이만큼 이어가기까지 세 번을 시도했다.

"나는 여행자요."

미스터 싱이 말했다.

"나도 여행자예요."

리틀 붓다는 들뜬 목소리로 말했다.

도시에 머무는 동안 그는 이미 다른 여행자 세 명을 만났고, 그들과 나누는 이야기에는 언제나 특별함이 있었다. 흥미로운 여러 도시들과 바다와 산에 대해 배울 수 있었고, 우스꽝스러운 이야기와 기이한 이야기를 듣기도 했다. 게다가, 가장 아름다운 일몰을 감상할 수 있는 곳이 어딘지도 알게 되었다. 이러한 점들 때문에 리틀 붓다는 사람들과 대화를 나누는 것이 즐거웠다.

하지만 미스터 싱은 조금도 즐거워 보이지 않았다.

"도대체 왜, 그걸 나한테 묻는 거요? 여행자라면 알아야 하거늘."

미스터 싱은 이해할 수가 없었다.

"뭘 알아야 한단 말인데요?"

어리둥절해하며 리틀 붓다가 물었다.

"여행에는 많은 준비가 필요하기 마련이지. 준비하는 데에는 시간이 오래 걸리고. 결국 모든 걸 철저하게 계획하고 만반의 준비를 갖추어야 한다는 얘기지."

리틀 붓다는 아직도 이 바쁜 남자가 무슨 말을 하고 있는지 좀처럼 감을 잡을 수 없었다.

미스터 싱은 고개를 저었다. 자신의 이야기에 공감하지 못하는 리틀 붓다를 도무지 이해할 수 없다는 듯이.

"우선 정확한 여행 경로를 짜야 하는데, 가장 시간이 오래 걸리는 부분이지. 나는, 예를 들자면 도서관에 있는 여행지에 관련된 책을 모두 읽지. 그다음엔 숙소를 알아봐야 하고. 또 모든 명소에 관해 되도록 많은 정보를 수집해야 하지."

그는 이번에도 차이를 단숨에 마시고 나서, 차이 한 잔을 더 주문한 다음, 믿을 수 없다는 듯 계속해서 고개를 저었다.

"이해할 수 없어. 이 모든 걸 준비하려면 얼마나 많은 시간이 걸리는지 알아야 하거늘. 짐을 싸는 게 전부라면……. 정말 여행자 맞소?"

잠시 동안 리틀 붓다는 약간 혼란스러웠다.

"그런 것 같은데요."

리틀 붓다는 머뭇거리며 말했다.

"그런 것 같다니? 그렇다는 건가, 아니라는 건가?"

"글쎄요, 여행자가 여행을 하는 사람이라면."

리틀 붓다는 이번에는 좀 더 확신에 찬 목소리로 말했다.

"맞아요. 난 여행자예요."

이번에 약간 불안감을 느낀 쪽은 미스터 싱이었다.

"그렇다면 그쪽은 시간에 쫓긴 적이 없는가?"

"시간이 문제 될 게 뭐가 있겠어요?"

리틀 붓다는 눈을 동그랗게 뜨고 되물었다.

"시간은 충분해요. 다만 그 시간에 무엇을 하느냐가 문제일 테죠."

"그래, 하지만 좋든 싫든, 끝내야 할 일들이 있지. 할 일이 하도 많아서, 난 하루가 너무 짧은 것 같아."

갑자기 미스터 싱은 의자에서 흔들거리는 동작을 멈추었다.

"어딘가에서 시간을 살 수 있었으면 좋겠어."

리틀 붓다는 믿기지 않는 듯 그를 빤히 쳐다보았다.

"그러면 문제를 해결할 수 있을 거라고 생각하세요?"

"모르겠소. 시간을 얼마만큼 살 수 있느냐에 달려 있겠지."

두 사람은 웃지 않을 수 없었다. 다행히 이 바쁜 와중에도 웃을 수 있는 시간은 충분했다.

"그나저나 무슨 계획을 그렇게 많이 세우는 거예요?"

잠시 머뭇거리다가 리틀 붓다가 물었다.

"그거야 내가 여행자니까."

미스터 싱은 또다시 의자 위에서 초조하게 몸을 흔들거리기 시작했다.

"그리고 이미 말했듯이, 준비하고 계획해야 할 것들이 있지. 꼭 해야 하는 일들이."

"왜 그래야 하는데요?"

"나도 모르지. 원래 그런 거요."

리틀 붓다는 미스터 싱이 몹시 걱정되기 시작했다.

"하지만 왜요? 그건 말도 안 돼요. 나를 보세요. 나도 여행자예요. 그런데 나는 아무 준비도 하지 않았어요."

"그렇다면 그쪽은 예외겠지."

미스터 싱이 생각해낼 수 있는 유일한 대답이었다. 그러고 나서, 리틀 붓다가 좀 더 깊은 이야기를 나눌 기회를 잡기도 전에 대화는 갑작스럽게 끝나 버렸다.

"그럼, 난 이만 가야겠어."

이 바쁜 남자는 리틀 붓다의 말을 가로막으며 퉁명스럽게 말했다.

그는 두 번째 차이 잔을 서둘러 비우고는, 의자에서 벌떡 일어나 인사했다.

리틀 붓다는 미스터 싱에게 시간을 내어준 데 대해 고마움을 표하며, 곧 다시 만나기를 바란다고 말했다.

"다음번엔 당신의 이야기를 들려줄 수 있겠죠. 당신

이 여행한 모든 곳들과 경험한 것들을요."

미친 회오리바람처럼 차이 하우스를 나서던 미스터 싱이 갑자기 멈칫하더니 뒤돌아섰다.

"내가 여행한 곳들?"

그는 할 말을 잃은 채 멍하니 서서 리틀 붓다를 바라보았다.

"무슨 말이오? 난 아직 아무 데도 못 가 봤소. 시간이 없소!"

미스터 싱과의 이상한 일이 있고 나서, 리틀 붓다는 도시를 떠나 여행을 계속하기로 했다. 도시는 흥미롭고 매력적이었지만, 도시에서의 삶은 그에게는 너무 숨가쁘게 느껴졌다. 온통 평화로움으로 둘러싸인 나무 아래에 혼자 앉아 조용히 지내는 것에 익숙했던 리틀 붓다는, 다소 느리게 사는 삶이 몹시 간절해졌다. 유감스럽게도 도시 사람들 대부분은 삶을 경주와 혼동하는 것처럼 보였다.

'어딜 가든 너무 복잡하구나.'

리틀 붓다는 생각했다.

'사람들은 왜 한 번만이라도 멈추어 서서 가만히 있지 못하는 걸까? 왜 그렇게 쫓기듯 살아야 할까?'

마치 친애하는 신이 흘러내리는 모래시계를 들고 삶의 결승선에서 기다리고 있기라도 하는 것처럼.

다음 날 아침 리틀 붓다는 상인에게 작별 인사를 했다. 헤어지는 것이 슬펐지만, 서로를 알게 되어 행복했다. 두 친구는 끌어안고 서로의 앞날에 행운이 있기를 빌어 주었다.

리틀 붓다는 다음 목적지를 생각해 놓지 않았다. 다만 조금 더 조용한 곳에 가고 싶었다. 그리고 다양한 사람들을 만나고 싶었다. 그에게는 정해진 장소에 도달하는 것이 그다지 중요하지 않았다.

단지 여행 그 자체를 경험하고 싶었다. 그는 길을 떠났다.

상점들과 차이 하우스들을 지나, 광장과 사원들을 지나, 숨 가쁜 도시를 뒤로하고 앞으로 앞으로 나아갔다.

여행의 새로운 장을 향해.

어둠 속의 마법사

넓은 들판을 지나 한참을 걷자 커다란 숲이 나타났
다. 수천 그루의 거대한 나무들이 빽빽하게 우거져 햇
빛마저 삼켜 버렸다. 모든 것이 어둠에 싸여 있었다.
리틀 붓다는 잠시 멈추어 서서 주위를 둘러보았다. 길
은 아무것도 보이지 않는 숲속으로 나 있었다. 으스스
한 기운이 감돌았지만 그는 계속 가기로 했다.

　조금 전 숲의 언저리에 다다르기 직전에, 그는 한 젊
은 여자가 조금의 망설임 없이 어두운 숲으로 들어가
는 것을 보았다. 그래서 안전할 것이라는 생각이 들었

다. 게다가, 리틀 붓다는 또다시 호기심이 일었다. 되돌아갈 생각은 조금도 들지 않았다.

그는 어두운 숲으로 들어가 길을 따라 걸었다. 하지만 곧, 아무것도 볼 수 없어서 걸음을 멈춰야 했다. 두 눈이 새로운 빛의 환경에 적응할 때까지 잠시 시간이 필요했다. 어느 정도 익숙해지자, 그는 다시 어두운 길을 계속 걸어갔다.

얼마간 걸었을 때, 갑자기 어둠 속에서 한 줄기 빛이 반짝이는 것이 보였다. 최면에 걸린 것처럼 밝은 빛에 마음이 사로잡힌 리틀 붓다는 그쪽으로 향했다. 좀 더 다가가서 보니 그곳은 작은 공터였다. 작은 집 한 채만 한 면적의 공터에는 나무 한 그루 없었고, 햇빛이 오롯이 지면까지 도달했다. 그곳은 길에서 몇 미터 떨어져 있었다.

리틀 붓다가 공터를 둘러볼까 망설이고 있을 때, 갑자기 그쪽에서 사람들의 말소리가 들려왔다. 좀 더 가까이 가니, 여자 세 명과 남자 한 명이 있었다. 리틀 붓다는 그중 한 여자가 누구인지 금방 알아보았다. 조금 전 숲의 입구에서 본 바로 그 여자였다. 네 사람 모두 땅 위로 드러난, 아주 오래된 나무의 뿌리에 앉아 무언가를 기다리고 있는 것 같았다.

그들은 리틀 붓다를 보자 반갑게 맞이하며 자리를 마련해 주었다.

"앉으세요. 당신 차례가 되려면 시간이 좀 걸릴 거예요."

한 여자가 말했다.

리틀 붓다는 의아해하며 주위를 둘러보았다.

"시간이 걸린다니요?"

"마법사를 만나려면요. 그게 여기 온 이유 아닌가요?"

이번에는 네 사람이 동시에 이상하다는 듯 리틀 붓다를 쳐다보았다.

"마법사요? 아니요, 마법사를 만나러 온 게 아니에요."

리틀 붓다는 잠시 멈칫했다.

"마법사가 어디에 있다는 거예요?"

한 여자가 몸을 돌리더니, 어두운 숲의 한가운데를 손가락으로 가리켰다. 리틀 붓다의 두 눈은 손가락이 가리키는 쪽을 따라갔지만, 나무들 외에는 아무것도 없었다. 더 가까이 다가가 보았지만, 여전히 마법사도, 시선을 끌 만한 다른 어떤 것도 보이지 않았다.

"도대체 어디에?"

그는 다시 물었다.

"땅을 보세요."

남자가 말했다.

"아주 자세히 봐야 보일 거예요."

리틀 붓다는 몇 걸음 더 다가갔다. 그때 바닥에 있는 구멍이 보였다. 그는 구멍을 향해 살금살금 걸어갔고, 땅속 깊은 곳으로 나 있는 계단을 발견했다. 첫 번째 계단 옆에 무언가 적혀 있는 커다란 돌이 있었다. 그는 몸을 앞으로 숙여 글을 읽었다.

인생에서, 당신은 늘
당신이 보고 싶은 것만 본다.

리틀 붓다의 호기심은 점점 커져 갔다. 마법사는 어떤 사람일까? 그는 생각에 잠긴 채, 나무뿌리에 앉아 있는 사람들에게로 되돌아왔다.

"마법사가 저 아래에 산다고요?"

"네."

한 여자가 대답했다.

"저기 땅속 동굴에서 20년 넘게 살고 있어요."

"마법사는 왜 동굴에서 살아요? 이만하면 숲은 이미 어두운데……."

"그녀는 어두운 걸 개의치 않아요."

여자는 대답했다.

"앞을 못 보거든요."

잠시 모두가 침묵했다. 숲의 속삭임만이 들릴 뿐이었다. 나뭇잎이 바스락거리는 소리, 오래된 나뭇가지들이 이따금 비걱비걱 부딪치는 소리, 낮게 윙윙거리는 벌레 소리, 부드럽게 지저귀는 새 소리. 숲은 고요했지만 정지되어 있지는 않았다.

남자가 자리에서 일어났다.

"우리가 왜 마법사를 기다리고 있는지 궁금하겠죠, 아닌가요?"

리틀 붓다는 고개를 끄덕였다.

"마법사는 위기에 처한 사람들에게 도움을 주는 지혜로운 여자랍니다. 도시에서도 그녀는 이름이 나 있어요. 매일 많은 사람들이 제각기 다른 문제로 찾아와 도움을 받고 있어요. 우리처럼요. 원한다면 마법사를 만나 보세요. 아주 재미있는 사람이에요. 기다린 보람이 있을 걸요."

리틀 붓다는 기다리기로 했다.

저물어 가는 태양의 빛줄기가 공터를 비추었을 때, 마침내 리틀 붓다의 차례가 돌아왔다. 마지막으로 동굴에서 나온 남자는 리틀 붓다에게 마법사가 기다리고 있다고 말해 주었다. 리틀 붓다는 계단을 내려가 어두운 땅속으로 들어갔다.

"어서 오세요!"

리틀 붓다가 계단을 끝까지 내려가기도 전에 목소리가 들려왔다.

그의 앞에 큰 방이 나타났다. 아무것도 볼 수 없었기 때문에 소리로 짐작했을 뿐이었다. 칠흑 같은 어둠 속에서는 눈앞에 있는 자신의 두 손조차 보이지 않았다.

"앉으세요. 바닥에 카펫이 있어요."

마법사의 다정한 목소리가 반겨 주었다.

"고맙습니다."

리틀 붓다는 자리에 앉았다.

목소리로 보아 마법사는 쉰 살 정도이고, 리틀 붓다에게서 어림잡아 이삼 미터쯤 떨어져 있는 것 같았다.

"어떤 도움이 필요해서 왔어요?"

그녀가 물었다.

"난 도움이 필요하진 않아요."

리틀 붓다가 대답했다.

"여행을 하는 중에 어쩌다 보니 우연 반 호기심 반으로 이 동굴까지 오게 되었어요."

리틀 붓다는 아직까지 이 이상하고 묘한 상황에 적응하지 못하고 있었다. 숲의 동굴에서, 그것도 칠흑 같은 어둠 속에서 마법사와 이야기하는 것은 일상에서 흔히 있는 일이 아니었다.

"사람들은 당신이 지혜롭다고 말하더군요."

"그렇게들 말하지요."

"정말 그런가요?"

"모르겠어요. 내가 사람들을 도울 수 있는 건 남들

과는 다른, 좀 특이한 일들을 겪었기 때문일 거예요.
그래서 그들의 눈에는 내가 지혜로워 보이나 봐요."

그녀는 잠시 말이 없었다.

"이미 들었겠지만, 나는 앞을 볼 수 없어요."

리틀 붓다는 고개를 끄덕였다. 그러나 곧 주위가 칠
흑같이 어둡다는 사실과, 마법사가 앞을 볼 수 없다는
사실을 떠올리고는 더 이상 고개를 끄덕이지 않았다.

"지금 기분이 어때요?"

마법사가 물었다. 그녀는 리틀 붓다에 대해 알고 싶
었다.

"아무것도 볼 수 없는 기분이?"

"꿈을 꾸고 있는 것 같은 기분이에요. 이상하게도
동굴의 어둠 속에서는 눈을 감고 있을 때보다 의식이
더 깨어 있는 것 같아요."

"잘 관찰했어요."

마법사는 리틀 붓다가 그녀의 마음을 알아주는 것
같아 매우 기뻤다.

"완전히 깨어 있는 상태에서 꿈을 꾸고 있는 것처럼
느껴질 거예요. 이미지를 마음이 만들어 낸다는 점은
꿈에서와 같아요. 하지만 꿈에서와는 달리, 어둠 속에

서 들리는 음성이나 다른 소리들은 마음이 만들어 내는 것이 아니랍니다."

리틀 붓다는 마법사처럼 늘 어둠에 둘러싸여 있는 것이 어떤 기분일지 상상해 보려고 했다.

"앞을 볼 수 없어서 때론 슬프지 않아요?"

리틀 붓다는 조심스럽게 물었다.

"아니요, 그렇지는 않아요. 더 이상은 슬프지 않아요. 볼 수는 없지만, 더 잘 들을 수 있거든요."

또다시 그녀는 잠시 동안 말이 없었다.

"나는 마음이 말하는 소리를 들을 수 있어요. 갈망과 꿈, 괴로움과 걱정거리에 대해 마음이 말하는 소리를. 사람들은 내가 그들의 마음속 깊은 곳에 감추어진 이 모든 것들을 드러내 보여 주길 바라는 것 같아요. 이 어둠 속으로 나를 찾아오는 건, 이곳에서는 진실에 대해 눈을 감는 것이 불가능하기 때문이에요."

"그럼 누군가 어떤 문제를 들고 찾아오면 당신은 무엇을 하나요? 마법을 부리나요?"

"난 마법을 부릴 줄 몰라요."

마법사는 웃으며 대답했다.

"그건 옳은 일도 아닐 거예요. 힘든 시간은 아무런 이유 없이 찾아오지 않거든요."

마법사는 침묵했다. 자신이 방금 한 말에 대해 리틀 붓다가 생각해 보기를 원한다는 듯이. 그러고는 그의 질문에 대한 답을 이어갔다.

"먼저, 자신의 문제를 받아들여야 한다는 걸 이해시키려고 해요. 그게 가장 중요해요. 문제를 받아들일 때, 비로소 문제로부터 자유로워질 수 있으니까요. 그리고 문제를 무시하거나 문제와 싸우는 일을 그만두라고 조언해요.

문제를 무시하면 문제는 더욱 커져요. 주의를 끌기 위해 문제가 소리치기 때문이에요. 그리고 문제와 싸우면 문제는 반격할 거예요.

그러니까 문제를 해결하고 싶다면 문제를 받아들여야 해요. 처음에는 어려워 보일지 몰라도, 문제로부터 벗어나는 유일한 방법이에요. 그리고 문제로부터 자유로워질 때 비로소 새로운 경험을 할 수 있는 공간이 생겨난답니다.

어머니도 마법사였어요. 어머니는 위기에 처한 사람이 찾아오면 늘 기뻐하셨죠. 좋은 소식이라 여겼어요.

'나쁜 일 뒤에는 늘 좋은 일이 따른단다.' 어머니는 항상 이렇게 말했어요."

리틀 붓다는 마법사의 말에 귀를 기울였다. 그녀는 이야기를 계속했다.

"모든 상황은 두 개의 서로 다른 면을 가지고 있어요. 좋은 면과 나쁜 면, 동전의 양면처럼요. 한쪽 면에는 문제가, 다른 쪽 면에는 기회가 있는 동전을 상상해 보세요.

하나의 상황을 어떻게 받아들이느냐는, 당신이 어느 쪽 면을 보느냐에 달려 있어요.

동전은 늘 그대로 있어요."

리틀 붓다는 동굴 입구의 돌에 적힌 글을 떠올렸다.

'인생에서, 당신은 늘 당신이 보고 싶은 것만 본다.'

"이야기 하나 들려줄게요."

눈먼 마법사가 말했다.

"우리들 마음에 내재하는 양면성에 관한 이야기. 경험하고 싶은 면을 선택하는 방법에 대한 이야기."

어둠 속에서 리틀 붓다는 환히 웃었다. 이야기라면 자다가도 벌떡 일어날 리틀 붓다였으니까.

옛날에 손자들에게 인생에 대한 가르침을 주는 할아버지가 살았어요. 그는 손자들에게 말했어요.

"내 마음속 깊은 곳에서는 싸움이 벌어지고 있단다. 두 마리 늑대의 끔찍한 싸움이. 한 늑대는 모든 나쁜 것들 ― 두려움, 시기, 분노, 슬픔, 탐욕, 오만, 거짓, 죄책감, 열등감, 이기심 ― 을 상징한단다. 그리고 다른 늑대는 온갖 좋은 것들 ― 즐거움, 평화, 사랑, 희망, 나눔, 우정, 연민, 관대함, 진실, 믿음 ― 을 상징하지."

할아버지는 이어서 말했어요.

"너희들 마음속에서도 똑같은 싸움이 일어나고 있단다. 세상 사람들 모두와 마찬가지로."

손자들은 잠시 생각했어요. 그리고 조금 뒤에 한 손자가 물었어요.

"어느 늑대가 이기는 거예요?"

할아버지는 조용한 목소리로 대답했어요.

"네가 먹이를 주는 늑대."

'과연 그렇구나.'

리틀 붓다는 미소 지었다. 그는 아주 특별한 순간을 경험하고 있었다.

'네가 먹이를 주는 늑대.'

그 말이 아직도 귓가에 맴돌았다.

인생은 그렇게 단순한 것일 수도 있다. 리틀 붓다는 활짝 미소 지었다. 눈먼 마법사는 동굴의 어둠 속에서 그의 웃는 얼굴을 볼 수는 없었지만 느낄 수 있었다. 그리고 어쩌면 리틀 붓다가 활짝 미소 짓는 소리를 들었는지도 모른다.

마법사와 리틀 붓다는 오랫동안 이야기를 나누었다. 리틀 붓다는 지금까지 여행에서 경험한 일들을 마법사에게 들려주었고, 마법사는 동굴에서의 삶을 이야기했다. 그녀는 수년 전 병을 얻어 눈까지 멀게 된 일에 대해서도 털어놓았다.

처음에 그녀는 충격과 절망에 빠졌지만, 얼마 후 운명을 받아들이는 법을 배웠다. 그녀에게는 선택의 여지가 없었다. 그러나 시력을 잃은 채로 살아남으려 발버둥 치는 데에서 그치지 않고, 세상의 밝은 면을 보려고 했다. 그녀는 생존만을 위한 삶에 만족할 수 없었다.

정말로 인생을 즐길 수 있기를 희망했다. 조금씩 그녀는 멋진 세상에 발을 들여놓았다. 대부분의 사람들이 좀처럼 경험해 보지 못한 세상에.

그녀는 마음의 눈으로 세상을 보는 법을 저절로 배우게 되었다.

이제 마법사의 경험은 그녀를 찾아오는 사람들을 도울 수 있는 지혜로운 힘이 되었다. 평범한 사람의 눈에는 보이지 않는, 숨어 있는 것들을 볼 수 있도록 도와주었다. 마음속 깊은 곳에 자리 잡은 걱정과 두려움과 욕망을. 그들 스스로 눈이 멀어 볼 수 없었던 것들이 밖으로 드러나게끔 도와주었다.

"이게 바로 내가 이 어두운 동굴에 사는 이유예요. 이 어둠 속에서는 마음의 눈으로 볼 수밖에 없거든요."

"그런데 당신은 모든 사람을 도울 수 있나요?"

리틀 붓다는 궁금했다.

"아니요, 모두를 도울 수는 없어요. 어떤 사람들은 내가 기적을 불러오기를, 마법의 지팡이로 살짝 건드려서, 모든 것을 좋기만 했던 때로 되돌려 놓기를 기대해요. 하지만 인생이 그렇게 돌아가지는 않는답니다.

우리들 각자에게는 자신의 행복에 대한 책임이 있어요.

내가 문제를 기회로 바꾸는 방법 정도는 알려줄 수 있겠지요. 행복으로 가는 문이 어디 있는지 보여줄 수는 있어요. 그 문을 열고 들어가는 건 각자의 몫이에요.

그리고 원해야만 해요. 어떤 이유에서인지 행복을 진심으로 원하는 것 같지 않은 사람들도 있거든요."

저녁 내내 어두운 동굴 속에서 그들은 살아온 이야기를 주고받았다. 그러다가 둘은 이내 지쳤고, 마법사는 리틀 붓다에게 동굴에서 하룻밤 자고 가기를 권했다. 리틀 붓다는 고마운 마음으로 그녀의 호의를 받아들였다.

"사실은 말이에요."

잠이 들기 전에 마법사가 말했다.

"많은 사람들이 나를 현명한 사람이라고 생각하는 건, 내가 나이가 많고 동굴 안에서 행복하게 사는 장님인 데다, 뭔가 이치에 맞는 소리를 하기 때문일 거예요. 하지만 그들이 이해하지 못하는 게 있어요.

지혜로운 몇 마디 말만으로는 현명하다고 할 수 없어요. 조언을 하는 것은 아주 쉬워요. 진정한 도전은 그 조언을 따르는 것이랍니다. 그것을 실천에 옮기는 사람이야말로 정말 지혜로운 사람이라 할 수 있겠지요."

다음 날 아침, 잠에서 깬 리틀 붓다는 또다시 잠들지 않으려고 안간힘을 썼다. 동굴은 아직도 어두웠다. 낮이나 밤이나 어두운 건 마찬가지였기 때문이다.

"여기 좀 더 있고 싶어요."

리틀 붓다가 마법사에게 말했다.

"이 고요함이 정말 좋거든요."

번잡한 도시에서 오래 머무른 후, 그는 동굴과 숲의 고요함이 더욱더 좋았다.

"하지만 솔직히, 여긴 나한테 너무 어두워요. 난 빛이 필요해요."

"그 기분 이해해요."

마법사가 말했다.

"내가 앞을 볼 수 있다면, 나 역시 계속 어둠 속에 있고 싶지 않았을 거예요."

그녀는 잠시 생각했다.

"내 친구를 찾아가 보세요. 여기서 멀지 않은 곳에 살아요. 평화로운 곳을 찾는다면, 그곳이 아주 마음에 들 거예요."

"그거 좋은 생각인데요! 어떻게 가면 돼요?"

"여기서 남쪽으로 반나절 걸으면 오래된 성이 보일 거예요. 성에 도착해서 정원사를 찾으세요. 그를 만나면 내 안부도 전해 주세요."

리틀 붓다는 마법사에게 감사의 인사를 하고 자리에서 일어났다.

"와 줘서 고마워요."

눈먼 마법사가 말했다.

"저도 만나서 반가웠어요."

리틀 붓다는 이 어둡고도 특별한 곳을 떠났다.

공터로 돌아오니, 벌써부터 사람들이 마법사를 만나기 위해 기다리고 있었다. 리틀 붓다가 다정한 미소를 지으며 그들 옆을 지날 때, 누군가 자리에서 일어나 말을 건넸다.

"당신은 치유되었나요?"

"네."

리틀 붓다는 대답했다.

"하지만 사실 난 아프지 않았어요."

리틀 붓다는 곰곰이 생각해 보았다. 마법사에게 도움을 구하러 온 사람들 가운데는 그녀의 몇 마디 말이 모든 문제를 해결해 주리라 기대하는 것 같은 이들도 있었다.

아브라카다브라, 마법의 주문은 모든 것을 좋은 방향으로 되돌려 놓는다.

그러나 리틀 붓다는 알고 있었다. 마법의 주문 같은 건 처음부터 없었다. 마법사가 무엇을 말하려 했는지 그는 이해하고 있었다.

훌륭한 조언은 당신을 도울 것이다.

오직 실천에 옮길 때에만.

참을성 있는 정원사

늦은 오후, 리틀 붓다는 성에 도착했다. 여러 개의 탑과 두꺼운 성벽으로 이루어진 거대한 성을 상상했지만, 실제로 보니 평범한 시골 저택에 가까웠다. 분명 아름다운 집이었지만 성처럼 보이지는 않았다.

아이들이 입구 쪽에서 놀고 있었고, 공작 한 쌍이 뽐내며 잔디 위를 사뿐사뿐 걷고 있었다. 구름은 천천히 지나가고, 개울에서 흐르는 물소리가 가까이 들렸다. 모든 것이 평화로웠다.

아이들 말고는 아무도 보이지 않았기 때문에, 리틀

붓다는 아이들에게 어디로 가면 정원사를 만날 수 있는지 물었다. 한 어린 소녀가 정원을 가로질러 정원사의 오두막에 이르는 길을 알려 주었다. 그는 소녀에게 고맙다는 인사를 하고 길을 따라 걸어갔다.

가는 길에 잘 가꾸어진 나무들과 곱게 피어 있는 꽃들을 보았다. 싱그러운 향기가 대기를 가득 채웠다.

'정말 아름다운 곳이구나.'

이곳에서 살면 행복할 것 같았다.

얼마 후 리틀 붓다는 오두막에 도착했다. 문을 두드렸지만 아무도 없었다. 주위를 둘러보아도 정원사의 인기척은 들리지 않았다. 그가 막 자리를 잡고 앉아 정원사를 기다리려던 참이었다. 그때, 멀리서 부드러운 휘파람 소리가 들려왔다. 호기심이 발동한 리틀 붓다는 오두막 둘레를 돌기 시작했고, 휘파람 소리는 점점 더 또렷해졌다. 오두막 뒤편으로 넓은 채소밭이 펼쳐져 있었고, 채소밭 한가운데에 행복해 보이는 중년의 남자가 휘파람을 불며 쪼그리고 앉아 있었다.

'틀림없이 정원사일 거야.'

리틀 붓다는 생각했다.

손님이 찾아온 것을 본 남자는 일어나서 리틀 붓다

에게 다가왔다.

"안녕하세요."

그가 친절한 목소리로 말했다.

"안녕하세요."

리틀 붓다도 인사했다.

"정원사를 찾고 있어요."

그 남자는 미소 지었다.

"제가 바로 정원사예요. 무슨 일로 저를 찾아오셨어요?"

리틀 붓다는 숲속의 눈먼 마법사 이야기를 했다. 그녀의 인사를 전하고, 그의 집에서 며칠 신세를 져도 괜찮을지 물었다.

"물론이에요. 얼마든지 있어도 좋아요."

"오두막에 침대가 하나 더 있으니 문제없어요. 그런데 궁금한 게 있어요. 마법사는 왜 당신을 내게 보냈지요?"

"정신없이 바쁜 도시에 다녀온 후로 조용한 곳에서 지내고 싶어졌어요. 숲의 동굴은 저한테는 너무 어두웠고요. 그래서 마법사는 당신을 찾아가 보라고 말해 주었어요."

정원사는 다시 미소 지었다.

"그렇다면 환영이에요. 편히 지내세요."

리틀 붓다는 성안에서 정원사와 함께 많은 시간을 보냈다. 천상의 고요함과 아름다운 자연을 만끽하며 명상을 하기 시작했다. 크고 오래된 보리수 아래의 집으로 돌아온 것 같은 기분이었다.

이따금 정원사의 일을 돕기도 했다. 꽃에 물을 주고, 나무의 가지를 치고, 관목을 다듬고, 씨앗을 새로 심었다. 그리고 때때로 아무것도 하지 않고 정원사를 물 끄러미 바라보았다. 리틀 붓다는 사람들을 관찰하는 것을 좋아했으니까.

정원사는 매력이 넘치는 사람이었다. 정원을 걸을 때면, 멈추고 또 멈추어 서서 초목이 자라는 것을 지켜보았다. 적어도 리틀 붓다의 눈에는 그렇게 보였다. 누군가가 보았다면 정원사가 일을 아주 천천히 한다고 생각했겠지만, 그는 단지 놀라울 정도로 침착하게 일을 했을 뿐이었다. 그의 평온한 모습은 리틀 붓다에게도 깊은 인상을 주었다. 그 어떤 것도 그를 동요시킬 수 없을 것 같았다. 줄곧 시끄럽게 떠들며 노는 아이들도, 강한 바람이나 천둥소리를 동반한 비도, 그가 정성껏 가꾸어 놓은 화단에서 쉴 새 없이 뛰어다니는 두 마리 개도 그의 마음을 흔들어 놓지 못했다.

"어쩜 그렇게 참을성이 많아요?"

어느 날 저녁, 오두막 앞에 모닥불을 피워 놓고 앉아 있을 때, 리틀 붓다가 물었다.

"글쎄요, 잘은 모르겠어요."

정원사가 대답했다.

"아마도 자연이 인내심을 가질 수 있도록 도와주기 때문이겠지요. 나는 평생을 이곳에서 살았어요. 가끔

예외가 있긴 하지만, 평화로움이 늘 나를 감싸 주고 있지요. 그 속에서 나도 당연히 평온할 수밖에요."

"그래도 어떻게 그럴 수 있는지 놀라워요."

리틀 붓다는 잠시 생각하다가 말을 이었다.

"보리수 아래에 앉아 있을 때는 꼭 해야 하는 일이 없어요. 그래서 사람들에게 친절하게 대하고, 인내하고, 그냥 차분하게 지낼 수 있는 시간적 여유가 있어요. 하지만 당신은 매일매일 책임지고 신경 써야 할 일들이 많이 있잖아요. 그런데도 당신은 늘 친절하고, 살아 있는 모든 것들을 위해 기꺼이 시간을 내어 주잖아요. 나로선 상상할 수 없는 일이에요."

리틀 붓다의 심정은 짐작이 갔지만, 정원사에게는 전혀 놀랄 만한 일이 아니었다.

"그저 시간을 갖고 천천히 할 뿐이지요."

"그럼 시간이 없을 땐 어디서 시간을 얻어요?"

"시간은 언제나 있어요. 다만 그 시간에 무엇을 하느냐에 달려 있지요."

리틀 붓다는 정원사가 한 말의 의미를 이해할 수 있었다. 도시에서 만난, 한 번도 여행을 떠난 적이 없는 정신없는 여행자, 미스터 싱에게 리틀 붓다도 비슷한 말을 했었다. 그럼에도 정원사의 대답은 리틀 붓다의 의문을 시원하게 풀어 주지 못했다.

"그런데 만약 예상치 못한 일이 일어난다면요? 예를 들어, 우물에 문제가 생겨 하루 종일 개울에서 물을 떠서 날라야 한다면요? 다른 일을 할 시간은 어디서 얻죠?"

"그런 일이 생긴다면 물을 운반할 시간밖에는 없겠지요. 하지만 그건 크게 상관이 없어요. 주어진 순간에 가장 중요한 게 무엇인가가 문제겠지요. 어떤 일들은 피할 수 없기에, 일어나면 일어나는 대로 받아들이는 수밖에요."

그날 저녁 그들은 오랫동안 이야기를 나누었다. 시간의 신비로움에 관해, 문제와 희망에 관해, 침착함에 관해, 인생에 관해.

다음 날 아침, 두 사람은 넓은 정원을 조용히 거닐었다. 밤사이 내린 비에 공기는 여느 때보다 맑고 상쾌했다. 아침을 맞이하기에 더없이 좋았다.

정원을 걷는 동안, 정원사는 전날 밤 나누었던 대화를 다시 떠올렸다.

"자연으로부터 많은 걸 배운 것 같아요."

아직 잠이 덜 깬 리틀 붓다가 물었다.

"무슨 뜻이에요?"

"어제 어디에서 인내심을 얻냐고 물었지요?"

"네, 어디서 그런 인내심을 얻어요?"

"자연에서요. 인내한다는 건 다른 게 아니에요. 기다리는 것을 뜻하지요. 나는 기다리는 법을 자연에게서 배웠답니다."

정원사는 주위를 둘러보고는 큰 나무를 가리켰다.

"이 나무 앞에 앉아 나무가 자라는 모습을 지켜보며 몇 주를 보낼 수도 있겠지요. 처음엔 허무하다고 느낄 거예요. 나무는 아주아주 천천히 자라거든요. 얼마나 천천히 자라는지, 한 달 사이에 아무런 변화를 알아차리지 못할 거예요. 하지만 나무는 자라고 있어요. 매일매일 아주 조금씩. 이만큼 크고 튼튼한 나무로 자라려면 아주 오랜 시간이 걸릴 뿐이지요. 만약 작은 씨앗을 심어서 이렇게 크고 훌륭한 나무로 성장하는 모습을 보고 싶다면, 많은 인내심을 가져야 할 거예요.

기다릴 줄 알아야 해요."

리틀 붓다는 이야기를 주의 깊게 들으며, 앞에 서 있는 큰 나무를 유심히 바라보았다.

"나무는 사람과 아주 많이 닮았어요."

정원사가 말을 이었다.

"사람도 성장하려면 시간이 필요해요. 모든 사람은 경험을 통해 성장하고, 경험을 쌓는 데는 시간이 걸려요. 그러니까 사람에 대해서도 인내심을 가져야겠지요. 우리 모두 각자의 잠재력이 완전히 발현될 때까지 기다려야 해요. 우리들 각자가 스스로의 장대한 나무가 될 때까지."

그들은 다시 침묵한 채 커다란 나무를 존경의 눈으로 바라보았다.

"모든 사람이 당신만큼 인내심이 많지 않다는 건 정말 유감이에요."

마침내 리틀 붓다가 말했다.

"가만히 기다리면 좋은 일들을 맞이하게 해주는 인내심."

리틀 붓다는 정원사의 오두막에서 몇 주 동안 더 머물렀다. 그리고 마침내 떠나는 날이 왔다. 그는 여행을 계속하기로 했다. 이제 작별 인사를 할 시간이었다.

"그동안 친절하게 대해 줘서 고맙습니다."

리틀 붓다는 활짝 미소 지으며 인사했다.

"언젠가 이 멋진 곳으로 다시 오고 싶어요."

"언제든 환영이에요."

정원사는 잠시 생각하더니 이어서 말했다.

"여기서 멀지 않은 곳에 마을이 하나 있어요. 시장 광장에 있는 빵집에 들러 제빵사를 찾으세요. 안에서 빵을 굽고 있지 않으면, 아마 가게 앞 벤치에 앉아 책을 읽고 있을 거예요. 그녀에게 행복의 비밀에 대해 물어보세요. 이야기 한 편을 들려줄 거예요."

행복한 제빵사

정원사가 말한 대로, 제빵사는 빵집 앞 벤치에 평화
롭게 앉아 책을 읽고 있었다. 가게 안에서는 점원이 제
빵사가 아침 내내 구운 빵을 팔고 있었다. 구수한 빵
냄새에 이끌려 온 마을 사람들로 빵집 앞에는 짧은 줄
이 생겨났다.

　리틀 붓다는 광장의 다른 한편에서 한참 동안 제빵
사를 지켜보았다. 그녀는 주로 편안하게 벤치에 앉아
시간을 보냈다. 책을 읽고 있거나, 자주 들르는 많은
친구들 중 한 명과 이야기를 나누고 있었다. 도시에서

와는 달리, 마을 사람들은 서로 잘 알고 지내는 것 같았다.

빵집 앞의 줄이 길어지면, 제빵사는 빵을 파는 일을 도왔다. 매 순간을 의식적으로 즐기고 있는 듯, 그녀는 행복하고 만족스러운 표정이었다.

리틀 붓다는 한가해지기를 기다렸다가 그녀에게 다가갔다.

"앉아도 될까요?"

옆의 빈자리를 가리키며 그가 말했다.

"물어보고 싶은 게 있어요."

제빵사는 책에서 눈을 떼고, 리틀 붓다를 반갑게 맞이해 주었다.

"물론이에요."

그녀는 머리끝부터 발끝까지 그를 훑어보았다.

"내 행복의 비밀을 알고 싶어서 온 것 같은데요."

리틀 붓다는 잠시 움찔하다가, 놀란 눈을 하고 그녀를 다시 바라보았다.

"어떻게 알았어요?"

어쩌면 정원사가 리틀 붓다가 찾아올 거라고 미리 말해 두었는지도 모른다. 하지만 그러기에는 시간이 충분하지 않았다.

"글쎄요, 당신은 한 시간도 넘게 시장 저편에서 나를 보고 있었잖아요."

리틀 붓다의 얼굴이 붉어졌다.

"괜찮아요. 궁금한 건 잘못이 아니니까요. 지금까지 행복의 비밀을 알기 위해 나를 찾아온 다른 사람들도 그랬어요."

그녀는 박하 향이 나는 차를 한 모금 마시고는 숨을 깊이 들이쉬었다.

"사실, 비밀이라고 하긴 좀 그래요. 그저 한 편의 이야기예요. 행복을 뒤로 미루는, 행복 유예의 함정에 관한 이야기. 어때요, 들어 볼래요?"

"네, 꼭 듣고 싶어요."

리틀 붓다는 들뜬 마음을 숨길 수가 없었다.

제빵사는 책을 내려놓고, 실제로 겪은 이야기를 한 편 들려주었다.

몇 년 전, 한 사업가가 우리 마을로 이사를 왔어요. 처음으로 가게에 온 그는 내가 만든 빵을 맛본 순간 그 독특한 향에 반했어요. 어느 날 그가 다시 왔을 때, 나는 벤치에서 책을 읽고 있었어요. 그는 빵을 사 가지고 나와서 내 옆에 앉았어요.

"당신이 그 제빵사 맞지요?"

나는 고개를 끄덕였어요.

"당신이 만든 빵에 대해 생각해 봤어요. 그러다가 좋은 수가 떠올랐어요."

"뭔데요? 말씀해 주세요."

사업가는 이야기를 시작했어요.

"여러 마을에서 살았지만, 당신이 만든 빵만큼 맛있는 빵을 먹어 본 적이 없어요."

나는 미소 지었어요. 이런 칭찬엔 늘 기분이 좋아지니까요.

사업가는 계속해서 말했어요.

"옆 마을에 가게를 하나 더 내는 건 어때요? 당신이 만든 빵은 어디서든 잘 팔릴 겁니다. 당신은 빵 만드는 기술을 누군가에게 가르치기만 하면 돼요. 그러면 그 사람이 당신 대신 빵을 구울 수 있겠지요. 그리고 빵을 판매할 사람을 한 명 더 고용하면, 두 번째 가게가 탄생하게 되는 거예요."

"그다음에는요?"

나는 궁금했어요.

"두 번째 가게도 성공하면, 여러 명에게 제빵 기술을 가르치는 겁니다. 그런 다음, 은행에서 돈을 빌려서 여러 마을에 빵집을 내면 되지요."

"그러고 나면요?"

"모든 게 순조롭게 돌아간다면, 언젠가 모든 일을 맡길 사람들을 전부 고용할 만큼 충분한 돈을 벌게 되겠지요. 물론 그렇게 되기까지는 많은 인내와 끈기가 필요하겠지만요. 몇 년, 어쩌면 십 년이 걸릴 수도 있어요. 하지만 그럴 만한 가치가 있다는 걸 알게 될 겁니다. 일을 하지 않고도 많은 돈을 벌게 될 테니까요."

"그다음에는요?"

"시간이 아주 많아지겠지요. 당신이 정말로 하고 싶은 일을 모두 할 수 있을 만큼."

"예를 들면, 어떤 일이요?"

나는 시간이 많을 때 할 수 있는 일이 무엇인지 궁금했어요.

사업가는 잠시 생각하더니 곧 대답했어요.

"이 벤치에 평화롭게 앉아 책을 읽을 수 있겠지요……."

제빵사와 리틀 붓다는 서로를 바라보며 웃었다.

인생을 복잡하게 만드는 것은 얼마나 쉬운가.

단순히 행복을 누리는 것은 얼마나 어려운가.

불안한 전사

제빵사의 이야기가 끝난 후에도 리틀 붓다는 그녀와 한참 동안 이야기를 주고받았고, 그녀가 만든 맛있는 빵도 몇 가지 맛보았다. 그리고 이른 오후에 그곳을 떠났다.

　리틀 붓다는 여행 초반에 만난 용기 있는 여인에게서 바다의 아름다움에 대해 들은 적이 있었다. 바다에 한 번도 가보지 못한 그는 바다를 직접 눈에 담고 싶었다. 바다까지는 걸어서 이틀, 길게는 사흘이 걸릴 것이었다. 하지만 리틀 붓다는 운이 좋았다. 이틀째 되는 날 아침, 해안까지 가는 마차를 탈 수 있었다. 몇 시간 후면 목적지에 도착할 예정이었다.

넓고 푸른 바다가 그를 기다리고 있었다.

리틀 붓다는 마차 뒤편의 짚더미에 앉아, 끝없이 펼쳐진 푸른 초원을 꿈꾸듯 바라보았다. 길 위에 있다는 것만으로도 기분이 날아갈 것 같았다.

'여행 또한 명상과 다를 바가 없구나.'

그는 생각했다.

'온전히 지금 이 순간을 살고, 매 순간을 즐긴다……'

시간은 서서히 사라졌다.

리틀 붓다 옆에는 중년의 한 남자가 앉아 있었다. 그는 낡은 갑옷 차림이었고, 옆에는 검이 놓여 있었다. 남자는 깊은 생각에 잠겨 있는 것 같았다.

한동안 두 사람은 아무 말이 없었다. 하지만 곧 리틀 붓다는 궁금함을 참지 못하고 말을 걸었다.

"왜 검을 가지고 다니세요?"

남자는 검을 한 번 쳐다보고는, 리틀 붓다를 향해 시선을 옮겼다.

"나는 군인이오. 이 검은 나의 무기라오."

"진짜 군인 같아 보이진 않는데요."

리틀 붓다는 이상한 생각이 들었다.

"그런데 어디로 가세요?"

"전쟁이 끝나서 고향으로 가는 길이오."

수년간의 전투 끝에 마침내 국경에 평화가 찾아왔고, 전사는 집으로 돌아갈 수 있게 되었다. 그러나 전사의 얼굴에는 안도와 기쁨의 기색보다는 깊은 슬픔의 그늘이 드리워져 있었다.

"당신은 정말로 행복해 보이지 않는군요. 전쟁이 끝나서 기쁘지 않나요?"

"물론 기쁘다오."

잠시 동안 그는 또다시 상념에 잠겼다.

"전쟁은 지독하게 끔찍했다오. 직접 겪어 보지 않고는 전쟁이 얼마나 끔찍한지 상상도 못할 거요."

그는 잠시 말을 멈추었다.

"나처럼 이렇게 엄청난 고통을 눈앞에서 본 사람들은 결국 둘 중 하나지. 그동안 쌓인 분노와 절망 때문에 끊임없이 싸우며 삶이 끝날 때까지 새로운 갈등을 찾아다니거나, 두 번 다시 무기에 손을 대지 않거나.

　나는 다시는 무기에 손대지 않겠다고 결심했다오. 고향으로 돌아가자마자 무기를 깊은 바닷속에 던져버릴 거요. 내 삶에서 평화를 되찾고 싶다오. 기쁘지 않냐고? 물론이오, 드디어 전쟁이 끝나서 정말 기쁘오."

　그는 엷은 미소를 지었지만, 얼굴에는 여전히 수심이 가득했다.

　"하지만 마냥 기뻐할 수만은 없소. 전쟁에서 살아남아 이제 집으로 돌아갈 수 있어서 정말 기쁘지만, 앞으로가 두렵다오."

리틀 붓다는 걱정스러운 얼굴로 전사를 바라보았다.

"그러니까 지금 당장 뭘 해야 할지 막막하오. 전쟁터에서 싸우는 것 말고는 할 줄 아는 게 없다오."

전사로서 그는 언제나 스스로 강하다고 생각했고, 해야 할 일을 정확히 알고 있었다. 그러나 지금의 그는? 평범한 일상을 어떻게 꾸려나가야 할지 몰랐다.

"그럼 다른 일을 배우면 되잖아요."

리틀 붓다가 말했다.

"새롭게 시작하는 데 결코 늦은 때는 없어요."

전사는 텅 빈 하늘을 바라보았다.

"하지만 난 전쟁 말고는 아무것도 모른다오."

그는 무력하고 불안해 보였다.

"지금 내 앞에 놓인 변화가 두렵다오. 말할 것도 없이, 전쟁은 끔찍했지. 하루하루가 위험천만한 일들과 잔인함과 고통과 죽음으로 가득했지. 하지만 나는 위험과 공포에 적응하게 되었다오. 그런 것들이 익숙한 것이 되어 버렸소. 이상하게 들릴지 모르지만 공포에 익숙해지는 순간, 더 이상 공포를 두려워하지 않게 되었다오."

잠시 동안 그들은 무리 지어 나는 새들의 날카로운 울음소리를 들었다.

"알 것 같아요."

리틀 붓다가 말했다.

"알려지지 않은 것은 언제나 알려진 것보다 더 두렵게 마련이에요. 그렇기 때문에 변화는 결코 쉬운 일이 아니에요."

그는 눈먼 마법사의 말을 떠올렸다.

'하나의 상황을 어떻게 받아들이느냐는, 당신이 동전의 어느 쪽 면을 보느냐에 달려 있어요.'

아마도 전사의 상황은 그가 단순히 자신의 관점을 바꾸기만 하면 해결될지도 모른다.

"지금의 상황을, 당신을 두렵게 만드는 문제라고 생각하지 말고, 희망을 주는 가능성으로 보는 건 어때요?"

전사는 잠시 생각했다.

"무슨 뜻인지는 알겠소. 하지만 지금 상황에서 긍정적이 되기는 어렵다오. 누가 다 늙은 군인에게 일자리를 주려 하겠소?"

그는 여전히 절망적이었다.

리틀 붓다는 동전을 부정적인 면에서 긍정적인 면으로 뒤집는 것이 늘 쉽지만은 않다는 것을 깨닫게 되었다. 마법사의 이야기를 들을 때는 쉬울 거라고 생각했지만, 그렇게 만만한 일이 아니었다.

덜컹거리는 마차에 조용히 앉아, 리틀 붓다는 그의 친구를 어떻게 도우면 좋을지 생각해 보았다. 그에게 자신감을 심어 줄 방법이 분명히 있을 것이었다. 전사가 문제에 대한 해답을 찾는 길은 아마도 자신이 가장 잘할 수 있는 일을 하는 것, 바로 전사의 눈으로 세상을 바라보는 것이리라.

"전투에 나가기 전의 두려움을 어떻게 다스렸어요?"

리틀 붓다가 물었다.

전사는 잠시 생각해야 했다. 아무도 비슷한 질문을 한 적이 없었다.

"싸우기 전의 두려움을 극복하는 데 도움이 된 것이 두 가지 있소. 한 가지는 한순간도 뒤를 돌아보지 않았다는 것이오. 전날 죽은 사람들이나 지난주에 죽은 사람들을 생각하기 시작하면, 공포가 곧바로 온몸을 마비시켜 버리지. 그래서 바로 앞에 놓인 전쟁에만 온 정신을 집중했다오. 생각을 멈추고 나 자신을 내던졌다오."

"다른 한 가지는요?"

"승리에 대한 믿음이었소. 전투에서 승리해서 살아 돌아갈 거라는 확고한 믿음. 이 믿음이 강하면 강할수록, 공포를 덜 느끼게 되었다오."

"하지만 당신이 전쟁에서 살아남을 거라는 확신은 어디서 나왔나요? 전쟁터에선 죽을 확률이 아주 높잖아요."

"맞소."

전사가 대답했다.

"그렇지만 애초에 결국 죽게 될 거라고 생각했다면, 차라리 집에 있는 게 나았겠지. 시작부터 지는 걸 생각해서야 어떻게 이길 수 있었겠소?"

리틀 붓다는 긍정적인 태도가 얼마나 중요한지 잘 알고 있었다. 하지만 그가 이해하지 못했던 점은 전사가 자신의 믿음을 견고하게 만드는 방법이었다.

"어째서 당연히 이길 거라고 확신했나요? 군인으로서 승리를 의심한 적은 없었나요?"

"나는 스스로에게 조금의 의심도 용납할 수 없었소.

내겐 절대적인 확신과 강한 신념이 필요했다오."

전사는 자신이 한 말에 대해 잠시 생각했다. 그러고는 말을 이었다.

"승리에 대한 믿음을 확고히 하기 위해, 나는 늘 승리하는 순간의 기분이 어떨지 상상했다오. 마음속으로 이미 승리했다고 생각하고 또 생각했지. 그러면서 안도감과 영광스러움과 자부심을 느꼈다오. 기쁨에 겨워 두 팔을 공중에 활짝 펴는 장면을 마음속에 그리고 또 그렸지. 이런 상상을 할 때마다 실제로 일어나는 일처럼 생생하고 강렬하게 느끼려고 노력했다오."

그는 잠시 침묵했다. 그리고 덧붙였다.

"확신을 만드는 데는 느낌이 가장 중요하다오. 느끼는 그대로를 믿게 되거든."

리틀 붓다는 전사의 이야기를 주의 깊게 들었다. 그의 말은 모두 일리가 있었다. 하지만 이해할 수 없는 것이 한 가지 있었다.

"왜 당신은 전사의 기질을 발휘해서 앞으로 다가올 변화에 대한 두려움을 극복하려고 하지 않나요?"

전사는 놀란 표정으로 리틀 붓다를 바라보았다.

"당신이 원하는 게 정확히 무엇인지 생각해 보세요. 목표를 확실하게 세우는 거예요. 그리고 나서, 원하는 일을 처음 시작하는 행복한 순간을, 목표에 도달하는 기쁨의 순간을 상상해 보세요. 전쟁에 나가기 전에 그랬던 것처럼, 성취의 순간을 마음속에 또렷하게 그려 보는 거예요."

처음으로 전사는 환하게 웃었다. 리틀 붓다가 옳았다. 대화를 막 시작했을 때 느꼈던 끔찍한 절망감은 이제 사라지고 없었다. 천천히, 하지만 분명히 희망의 꽃이 피어나고 있었다.

희망이 있다는 것은 기분 좋은 일이었다. 그는 다시 자신의 힘을, 자신의 가능성을 믿기 시작했다. 그리고 이 믿음이 강해지면 강해질수록, 앞으로 다가올 변화에 대한 두려움은 점차 사그라져 갔다.

마차는 느린 속도로 해안으로 향했다. 바다에 가까워질수록 공기는 점점 맑아졌다. 전사가 직업에 대해 어떤 목표를 세울지 고민하는 동안, 리틀 붓다는 명상을 했다. 아니, 정확히 말하면 명상에 잠겨 보려고 했다. 그도 역시 전사의 상황에 대해 계속 생각하고 있었기 때문이다. 그러다가 어느 순간, 문득 질문이 떠올랐다.

"어떤 직업을 선택해도 실패하지 않는다면, 무얼 선택하겠어요?"

전사는 리틀 붓다를 지그시 바라본 다음 대답했다.

"정원사. 정원사가 되고 싶소."

잠시 침묵했다가 다시 말을 이어갈 때, 그는 상당히 결의에 찬 모습이었다.

"지난 20년을 치열한 전장에서 싸우면서 많은 살상을 저질렀지. 이제는 잘못을 조금이라도 바로잡고 싶소. 무언가 자라나는 것을 길러 내고 싶다오. 죽은 것이 아닌, 살아 있는 것들에 둘러싸여 지내고 싶다오."

리틀 붓다는 얼마 전에 만났던 정원사가 생각났다.

"내 친구 중에 정원사가 있어요. 그를 찾아가면 도움을 줄 거예요."

리틀 붓다는 공상에 잠겨 보았다.

"정원사는 아주 매력적인 직업인 것 같아요. 하루 종일 야외에서 신선한 공기를 마시며, 자연의 순리에 따라, 살아 있는 행복한 존재들에 둘러싸여 지낼 수 있으니까요…… 정원사로 살면 정말 행복할 것 같아요."

전사는 만족스러운 미소를 지었다.

"자, 이제 생각해 보세요."

리틀 붓다는 이어서 말했다.

"살아남을 확률이 아주 적은데도, 당신은 기나긴 전쟁에서 살아남았잖아요. 그런 당신이 정원사가 된다고 해서 실패할 리 있겠어요?"

이른 오후에 그들은 해안에 도착했다. 마차가 멈추자 리틀 붓다는 마차에서 내렸다. 그러나 전사의 고향까지는 한나절을 더 가야 했다. 이렇게 그들이 가는 길은 또다시 갈리었다.

태양이 뜨거웠지만, 전사는 앞으로의 여정이 힘들게 느껴지지 않았다. 그는 목표를 찾게 되어 기뻤다. 그것을 위해 싸울 만한 가치가 있는 목표. 그렇다면 리틀 붓다는 무슨 생각을 하고 있었을까?

리틀 붓다는 바다의 아름다움에 완전히 넋을 잃고 말았다. 들뜬 마음을 가라앉히지 못해, 그는 작별 인사를 하는 것도 잊을 뻔했다.

"앞날에 행운이 가득하길 빌어요!"

그는 전사에게 큰 소리로 인사하고는, 커다란 모래 언덕을 달려 내려갔다. 깊고 푸른 바다와의 만남이 몹시 기다려졌다.

노년의 어부들

리틀 붓다는 바다를 본 순간 첫눈에 반했다. 바다
는 상상했던 것보다 더 인상적이었다. 위대하고, 오묘
하고, 아름다웠다. 단순하면서도 강해 보였다. 이제껏
바다에 와본 적이 없다니, 믿을 수가 없었다. 리틀 붓
다는 아주 값진 보물을 발견한 것 같았다. 주변에 있
는 것들까지도 특별하게 변화시키는 마법의 보물.

　시간이 멈춘 듯했다. 밤이 되면 리틀 붓다는 두 개의
작은 모래 언덕 사이에서 평화롭게 잠을 잤고, 낮에는
해변에 외로이 서 있는 야자수 아래에서 몇 시간이고

명상에 잠겼다. 때로는 바로 물속으로 뛰어들어 바다를 더욱 직접적으로 경험하기도 했는데, 모든 감각 기관을 통해 바다를 받아들이기 위해서였다.

피부로는 촉촉하고 부드러운 감촉을 느꼈고, 입술에 닿는 소금기를 맛보았으며, 숨을 깊이 들이마실 때마다 콧속 가득 신선한 바다 내음을 맡았다. 부서지는 파도 소리에 귀를 기울였고, 끝없이 펼쳐진 광대한 푸른 바다를 감탄의 눈으로 바라보았다. 바다와 함께하는 모든 순간은 더없이 완벽했다.

도착한 지 얼마 되지 않았을 때, 리틀 붓다는 다섯 명의 고기 잡는 노인들을 보았다. 그들은 매일 같은 시간에 리틀 붓다가 잠자는 곳에서 가까운 장소에 모였다. 커다란 바위 위에 앉아, 그들은 왕년의 열정과 기술을 이어가고 있었다. 그것은 고기 잡는 일이었다.

처음 일주일 동안 리틀 붓다는 고기 잡는 노인들을 먼발치에서 지켜보았다. 매일 오후 그들은 커다란 바위 위에 모였다. 그들은 함께 오지 않고 하나둘씩 나타났다. 다섯 명이 모두 도착하면, 노인들은 낚싯대를 풀고, 낚싯바늘에 미끼를 꿰어 바다로 힘껏 던졌다. 그리고 물고기가 미끼를 물 때까지 참을성 있게 기다리며, 수평선 아래로 서서히 사라지는 해를 바라보았다. 그들은 평온하고 행복해 보였다.

'분명 바다와 관련이 있을 거야.'

리틀 붓다는 마음속으로 생각했다.

어느 날, 늦은 오후에 리틀 붓다는 노인들에게 다가갔다. 그의 호기심이 또 발동했다.

"안녕하세요."

그는 친절한 목소리로 인사를 건넸다.

"어르신들을 한참 동안 지켜봤어요. 모두들 어쩜 그렇게 행복해 보이는지 궁금해졌어요."

노인들은 그를 바라보았다. 잠깐의 침묵 끝에 한 노인이 모두의 생각을 대변하듯 말했다.

"우리가 행복해 보이는 건 정말로 행복하기 때문이라네."

"그럼 어르신들은 왜 행복한가요?"

"행복을 원하기 때문이지요."

다른 노인이 미소 지으며 말했다.

의지가 작용했다. 눈먼 마법사가 이미 말해 주었던 것처럼.

'그게 말처럼 그렇게 쉽다면……'

리틀 붓다는 생각했다.

여행을 하면서 나이가 지긋한 사람들을 여럿 보았지만, 대부분 슬퍼 보였다. 리틀 붓다는 그들 모두가 정말로 슬픔을 원하지는 않았을 것이라고 생각했고, 그래서 고기 잡는 노인들의 행복의 비밀이 무엇인지 알고 싶었다.

"행복하게 나이 들기 위해 꼭 필요한 것은 무엇인가요?"

잠시 동안 아무도 말이 없었다. 부서지는 파도 소리만이 부드럽게 들릴 뿐이었다.

"일단 앉지 그러나."

바위 위의 빈자리를 가리키며, 한 노인이 말했다.

리틀 붓다는 자리에 앉았다.

노인들은 그를 말없이 반겨 주었다. 리틀 붓다는 노인들과 함께 있는 것이 이내 편안해졌다. 그들에게서 전해지는 기분 좋은 평온함 덕분에 리틀 붓다는 집을 떠올렸다. 지난 세월 모든 시간을 그 아래에서 보낸, 그의 보리수 역시 나이가 들지 않았는가. 어쩌면 평온함을 주는 것은 나이 그 자체일지도 모른다.

"어르신들이 행복한 이유는 나이가 들었기 때문인
가요?"

다섯 노인들은 모두 웃었다.

"좋은 질문이네."

한 노인이 말했다.

"나는 늙었고, 지금 행복하네만, 나이와 행복 사이에
연관성이 있을까? 글쎄올시다, 만일 그렇다면 젊음과
슬픔 사이에도 연관성이 있어야 하겠지."

노인은 잠시 생각했다.

"자네도 슬플 때가 있지 않나. 그럴 때 젊기 때문에
슬프다고 생각하나?"

리틀 붓다는 놀란 눈으로 그를 바라보다가 재빨리
고개를 저었다.

'아니야. 젊다는 이유만으로 슬픈 적은 없었어.'

그리고 생각해보니, 젊다는 이유 하나만으로 행복하
다고 느낀 적도 없었다.

또 다른 노인이 대화를 이어갔다.

"어느 누구도 나이 들었기 때문에 행복하다고는 생
각지 않아. 이 세상에는 나이가 들었지만 슬픈 사람들
이 많거든. 그 사람이 행복한지 슬픈지는 나이와 상관

이 없네. 오히려 그 반대지.

진정한 나이는 기분에 따라 달라 보일 수 있어. 행복할 때 사람은 생기가 넘치고 젊음을 발산하지.

반대로, 슬플 때는 누구나 나이 들어 보이는 법이야. 슬픈 사람이 행복한 사람보다 더 나이가 들어 보인다고 느낀 적 없는가?"

리틀 붓다는 그 말에 공감하며 고개를 끄덕였다. 노인의 말이 옳았다. 행복한 사람들은 왠지 모르게 더 생기 있어 보였다. 죽음의 슬픔으로부터 훨씬 더 멀리 떨어져 있는 것처럼.

리틀 붓다 바로 옆에 있는 노인이 이야기를 시작했다. "물론 나이가 들면서 저절로 따라오는 좋은 점들도 있다네. 평온함 같은 것 말일세. 젊은 시절 나는 걱정이 너무 많았어. 일과 가족과 집에 대해, 날씨와 미래에 대해, 심지어 신에 대해서까지 걱정했다네. 이 모든 것들을 걱정하고, 그것도 모자라 아직 일어나지도 않은 일까지 걱정하는 대신, 이제는 그저 하루하루를 흘러가는 대로 내버려 둔다네.

인생을 있는 그대로 받아들일 뿐이야. 아무런 기대도 하지 않은 채. 좋은 기대도 나쁜 기대도."

그는 생각에 잠겨 주홍빛으로 반짝이는 수평선을 가만히 바라보았다.

"내 삶을 되돌아보다가 최근에야 깨달았어. 기대 때문에 늘 마음이 불안했다는 것을. 기대를 내려놓을수록, 더 큰 마음의 평화를 얻게 된다는 것을."

노인은 수평선에서 시선을 거두고 리틀 붓다를 바라보았다.

"나는 평온함이 오기를 계속 기다렸던 것 같네. '바로 지금'이라고 느끼는 평온함의 순간을. 하지만 더 이상 기다리고 있을 시간이 없다는 것을 깨달았을 때, 비로소 깊은 평온함을 처음으로 경험했다네."

그들은 고요히 앉아 잠시 동안 침묵했다. 잔잔한 바다와 견고한 바위와 함께 모두 한 몸인 듯 명상을 하고 있는 것처럼 보였다.

그때 갑자기 물가에서 가장 가까이 있는 노인의 낚싯대가 움직이기 시작했다.

"행복하게 나이 들기 위해 필요한 게 뭐냐고 했지?"

그는 뒤로 한 발짝 물러서서 두 손으로 낚싯대를 단단히 쥐었다.

"아주 간단하다네. 맑은 공기와 신선하고 맛있는 음식이면 그만이지!"

그리고 말을 마치기 바쁘게, 재빨리 낚싯대를 물 위로 끌어올려 파닥거리는 큰 물고기를 자랑스럽게 보여 주었다.

모두가 함께 웃었다.

"잠깐, 내 말을 정정해야겠군."

방금 고기를 낚은 노인이 덧붙였다.

"맑은 공기와 맛있는 음식만으로는 부족해, 적어도 하루에 한 번 큰 소리로 웃어야 하네!"

리틀 붓다는 그 말이 과연 옳다고 생각했다. 행복은 이렇게 가까이 있지만, 세상에는 웃음이 너무 적었다.

또 다른 노인이 말했다.

"내 생각엔 말일세, 나이가 들어서도 행복을 유지하려면 계속해서 움직여야 하네. 육체와 정신을 쉬게 해서는 안 되네. 쉼 없이 흐르는 강물처럼. 우리를 보면 알 수 있지 않은가. 우리는 예전처럼 온종일 바다에서 지낼 수가 없어. 이젠 체력이 따라 주질 않아. 다행스럽게도 돌봐 주는 자식들과 손주들이 있어서 더 이상 일을 하지 않아도 된다네.

그렇다고 해서 고기 잡는 일을 그만두고 싶다는 말은 아닐세. 우린 오랜 세월에 걸쳐 일을 사랑하는 법을 배웠어. 그런데 왜 지금 와서 모든 걸 그만두겠나? 그래서 우린 매일 이 자리에서 만난다네. 바다로 향하는 발걸음은 몸을 살아 움직이게 하고, 주고받는 이야기는 마음에 생기를 불어넣고, 친구들과 함께 있어 심장은 늘 뜨겁게 뛴다네."

"그건 사실이야."

리틀 붓다 바로 옆에 있는 노인이 말했다.

"하지만 중요한 게 또 있네. 언제나 호기심을 갖는

것, 그리고 배움을 멈추지 않는 것이라네. 호기심을 가지고 세상을 바라보면, 행복을 주는 것들을 계속해서 발견하게 될 테니까. 예를 들면, 자네는 여행을 하면서 매일 새로운 것을 경험하지. 매일 삶에 대해 무언가를 배우지 않나. 우리도 똑같다네. 매일 새로운 것을 배운다네. 바다는 무한한 지식을 품은 스승이기 때문이야. 인내심을 갖고 주의를 기울이면, 바다는 지혜를 나누어 줄 것이네."

큰 파도가 밀려와 바위에 부딪혀 부서졌다.

"잘 듣게나."

가장 나이 많은 노인이 말했다.

"행복에는 천 가지도 넘는 타당한 이유가 있지, 늙은이에게나 젊은이에게나. 그런데 내겐 가장 중요한 한 가지 이유가 있다네."

그는 잠시 말을 멈추었다.

"그건 바로 내가 사랑하는 사람들이야. 나의 가족과 친구들, 그리고 언젠가 나의 친구가 될 수도 있는 낯선 사람들. 내 인생에서 이 사람들 모두를 만났다는 것에 감사한다네. 그들 한 사람 한 사람이 날마다 행복을 주는 새로운 이유가 되어 주니까."

141

그들은 태양이 수평선 너머로 사라지는 광경을 조용히 지켜보았다. 정말 멋진 저녁이었다. 결코 끝나지 않았으면 하는 그런 저녁.

리틀 붓다는 고기 잡는 노인들에 대해 생각해 보았다. 또한, 나이를 먹는다는 것에 대해서도 생각해 보았다.

나이 든 사람의 처지는 일몰에 비유할 수 있으리라. 일몰은 아름답다. 아마도 하루 중 가장 아름다운 순간일지도 모른다. 인생에서의 가장 아름다운 한 시절처럼. 기대로부터 자유롭고 평화로움으로 가득한 순간. 모든 아름다운 것들을 마음에 불러들이고, 모든 나쁜 것들로부터 떠나는 순간.

그러나 일몰은 우수의 감정을 불러일으키기도 한다. 무언가가 끝나 가고 있다는 느낌. 마지막에 대한 두려움 때문에 사람들은 나이가 들면 인생의 일몰을 가능한 한 연장하려고 노력한다. 그들은 태양을 조금이라도 더 보기 위해 북받쳐 오르는 감정으로 산을 오른다. 가만히 앉아서 그 특별한 순간을 즐기는 대신, 그들은 필사적으로 남은 시간을 멈추려고 애쓴다. 그러는 동안 그 특별한 순간은 그들이 눈치채지 못하는 사이에 지나가 버린다.

반면에 고기 잡는 노인들은 나이 드는 것과 죽는 것을 삶의 한 부분으로 받아들였기에, 그들에게 남은 시간을 훨씬 더 즐겁게 보낼 수 있었던 것 같다. 그래서 그들은 그렇게 행복해 보였는가 보다.

바위가 어둠에 잠기고 공기가 차가워지자, 노인들은 낚시 도구를 챙겨 집으로 향하기 시작했다. 리틀 붓다는 그들에게 즐겁고 가슴 뛰는 저녁을 함께해 준 데 대해 감사하며 작별 인사를 했다.

그가 막 떠나려 했을 때, 가장 나이 많은 노인이 리틀 붓다를 돌아보았다.

"아직 얘기하지 않은 것이 있네."

리틀 붓다는 기대에 찬 눈으로 그를 바라보았다.

"나이가 들면서 행복해지고 싶다면."

노인은 차분한 목소리로 말했다.

"결코 꿈꾸는 것을 멈추지 말게."

마법의 바람이 불어왔다.

"꿈꾸는 것을 멈추는 순간이 곧 죽음을 맞이하는 시간이니까."

오아시스의 여인

여러 날 동안 리틀 붓다는 큰 바위 위에서 고기 잡는 노인들과 저녁나절을 함께 보내며, 붉게 물든 태양이 바닷속으로 서서히 가라앉는 광경을 지켜보았다. 그는 바다가 좋아서 그곳에 영원히 머물 수 있을 것 같았다.

　그러나 언젠가부터 나이 든 보리수가 그리워지기 시작했다. 바다와 함께해서 행복했지만, 점점 더 자주 집 생각이 났다. 시간이 가면 갈수록, 자꾸만 자신도 모르는 사이에 어깨에 멘 가방 안에 슬그머니 손을 넣어,

집에서 가져온 하얀 조약돌을 만지작거렸다. 휴가를 떠난 지도 이미 두 달이 지났고, 이 정도면 충분하다는 생각이 들었다.

그는 슬슬 여행을 마무리하고 집으로 돌아가기로 마음먹었다.

바다와의 작별은 리틀 붓다에게 아주 힘든 일이었다. 멋진 장소들과 좋은 친구들을 남겨두고 떠나는 것은 결코 쉽지 않았다. 그나마 곧 집에 돌아갈 생각을 하니 조금은 위로가 되었다. 떠나는 날 아침, 고기 잡는 노인들은 리틀 붓다의 남은 여행에 행운이 가득하기를 빌어 주었다. 리틀 붓다도 노인들에게 작별 인사를 했다.

그리고 마지막으로 한 번 더 바다를 바라보고 길을 떠났다.

끝없는 평원을 지나고 어두운 숲을 통과하고 도시를 가로질러, 왔던 길을 그대로 되돌아가는 대신, 리틀 붓다는 정반대 방향으로 나아갔다. 보리수 아래의 집으로 되돌아가는 훨씬 더 빠른 길이 있었던 것이다. 하지만 이 길로 가려면 사흘에 걸쳐 사막을 통과하지 않을 수 없었고, 홀로 길고 외로운 길을 걸어가야 했다. 쪽빛 바다에서 금빛 사막까지의 외로운 길.

지난 몇 달간 많은 사람들과 함께 시간을 보낸 덕분에, 그는 이제 외로움이 아무렇지 않게 느껴졌다. 오히려 지금까지 여행에서 겪은 일들을 조용히 되새겨 볼 수 있는 혼자만의 시간을 즐길 수 있게 되었다. 그러나 얼마 지나지 않아, 전혀 생각지 못한 문제에 직면하게 되었다. 리틀 붓다는 사막의 열기를 완전히 과소평가했던 것이다.

태양이 가장 높은 곳에 도달하기 전이었지만, 모래는 발을 디딜 수 없을 정도로 뜨겁게 달구어져 있었다. 주위의 모든 것들이 타오르는 듯 이글거렸다. 갈증 때문에 계속 물을 마셔야 했고, 정오가 조금 지났을 때 가져온 물은 바닥이 나버렸다. 공기는 점점 뜨거워졌고, 발걸음은 점점 무거워졌다. 작은 그늘이라도 찾을 수 있을까 해서 필사적으로 주위를 둘러보았지만, 쉴 만한 곳을 찾을 수 없었다. 여기저기 흩어져 있는 작은 돌이나 말라 비틀어진 덤불을 제외하고는, 온통 타는 듯한 노란 모래뿐이었다.

리틀 붓다는 여행을 하면서 처음으로 두려움을 느

껐다. 무엇을 해야 할지, 어떻게 이 상황에서 벗어나야 할지 몰랐다. 그늘을 찾느라고 몇 차례나 주변을 맴돌았기 때문에, 어디가 어딘지 감을 잡을 수가 없었다. 그는 완전히 방향을 잃어버렸다. 본능적으로 걷기 명상을 하며 평정심을 유지하려 해보았지만 도움이 되지 않았다. 갈증도, 숨 막히는 더위도, 두려움도, 어느 것 하나 사라지지 않았다.

갑자기 눈앞이 캄캄해지더니 리틀 붓다는 의식을 잃고 말았다.

정신을 차렸을 때, 아이들이 뛰노는 소리와 새들의 노랫소리가 들렸다. 시원한 산들바람이 화끈거리는 피부에 부드럽게 스쳤다. 눈을 뜬 리틀 붓다는 자신이 야자수 잎으로 엮은 지붕 아래에 누워 있는 것을 알아차렸다.

그는 천천히 몸을 일으켜 앉았다.

"여기, 이걸 좀 마셔요."

한 여인이 신선한 코코넛 밀크가 담긴 나무로 된 잔을 건넸다.

"고맙습니다."

리틀 붓다는 몹시 목이 말라 단숨에 잔을 비웠다. 그러고는 주위를 둘러보았다.

셀 수 없이 많은 야자수들 사이사이로 드문드문 오두막집들이 보였고, 물이 가득 담긴 흙으로 빚은 큰 항아리들이 곳곳에 놓여 있었다. 색색의 화려한 옷을 입은 사람들이 이리저리 걸어 다녔고, 멀리, 키 큰 야자수 뒤편으로 거대한 모래 언덕이 우뚝 솟아 있었다.

"여기가 어디예요?"

리틀 붓다는 몹시 혼란스러워서 물었다.

"오아시스예요."

부드러운 목소리로 여인이 대답했다.

리틀 붓다는 무슨 일이 있었는지 기억해 내려고 했지만, 아무리 생각해 보아도 아무것도 기억나지 않았다. 그는 왜 이곳에 있게 된 걸까?

"당신은 의식을 잃고 사막 한가운데에 쓰러져 있었어요."

여인은 마침내 말했다.

"내가 염소들을 데리고 우연히 당신 옆을 지나가지 않았다면, 당신은 목이 말라 죽었거나, 햇볕에 타 죽었거나, 어쨌거나 죽음을 피할 수 없었을 거예요."

리틀 붓다는 어리둥절해서 그녀를 바라보았다.

"당신은 어마어마하게 운이 좋았어요."

여인은 계속 말했다.

"사막은 보통 어떤 실수도 용납하지 않아요."

순간 정적이 흘렀다. 아이들은 놀이를 멈추었다. 부드러운 바람 소리와 새들의 노랫소리만이 들렸다.

"내가 뭘 잘못했나요?"

여인은 리틀 붓다의 질문에 놀랐다.

"당신은 혼자였어요. 신발도 없이, 달랑 물 한 병만 가지고 있었어요. 사막 한가운데에서 말이에요. 그러니까 죽으려고 작정한 게 아니라면, 잘못이란 잘못은 다 저지른 셈이죠."

리틀 붓다는 무슨 말을 해야 할지 몰랐다. 물론 그는 죽으려고 했던 것이 아니었다.

"난 단지 집으로 가는 지름길을 택했을 뿐이었어요. 그렇게 뜨거울 거라고는 생각도 못했어요."

서서히, 하지만 분명히, 그는 자신이 너무 순진했던 나머지 세상을 만만하게 보았다는 것을 깨달았다.

여인은 어머니 같은 자애로운 미소를 보내며 고개를 저었다. 사막을 과소평가했던 사람은 리틀 붓다만이 아니었다. 많은 사람들이 사막을 쉽게 건널 수 있을 것이라고 생각했다. 사막은 무해하고 악의가 없어 보였으니까.

갑자기 그녀의 부드럽고 상냥한 목소리가 진지하게 바뀌었다.

"지름길로 갈 때에도 온 정신을 집중해야 해요. 어떤 길이 다른 길보다 더 가까운 거리라고 해서 목적지에 더 쉽게 도달할 수 있는 건 아니에요. 이번 일을 교훈으로 삼았으면 해요. 인생의 모든 길에 똑같이 주의를 기울여야 한다는 것을."

리틀 붓다의 원래 계획은 물거품이 되고 말았다. 보리수 아래의 집으로 더 일찍 돌아가기는커녕, 어쩔 수 없이 오아시스에 며칠을 더 머물러야 했다. 사막을 횡단하는 힘겨운 여행을 계속하기에는 아직 기력이 완전히 회복되지 않았다. 게다가 여인도 리틀 붓다에게 혼자서 떠나서는 안 된다고 충고했다. 며칠 안에 상인들의 행렬이 오아시스를 지나갈 예정이었고, 그들과 함께 사막의 나머지 구간을 건너는 편이 훨씬 더 안전할 것이었다. 상인들의 행렬이 올 때까지 참고 기다리는 수밖에 다른 선택의 여지가 없었다.

오전이면 리틀 붓다는 야자수 아래에서 휴식을 취하며 남은 여행에 필요한 체력을 회복했다. 그리고 오후가 되면 그를 구해 준 여인과 함께 대부분의 시간을 보냈다. 대다수의 오아시스 사람들과 마찬가지로, 그녀는 농사를 짓는 평범한 시골 아낙이었다. 남편과 두 아이와 함께 과일과 채소를 키우는 한 필지의 땅을 소유하고 있었다. 그리고 신선한 우유를 공급해 주는 염소 열 마리도 길렀다. 여인은 매일 오후 염소들을 이끌고 사막으로 산책을 갔다. 상인들의 행렬을 기다리는 동안, 리틀 붓다는 그녀를 따라나섰다. 좋은 친구와

함께 있는 것은 물론이거니와, 사막의 기후에 적응할
수 있는 기회이기도 했다.

어느 날, 돌아오는 길에 여인과 리틀 붓다는 커다란
모래 언덕을 올라갔다. 정상에 이르러, 그들은 아름다
운 경치를 감상했다. 멀리서 바라본 오아시스는 그 안
에 있을 때보다 더욱 평화롭게 느껴졌다.

작은 초록빛 섬이 모래 바다 한가운데에 누워 있는
것 같아 보였다. 마치 작은 천국처럼. 오아시스 외에는
아무것도 없었다. 모래만이 끝없이 펼쳐져 있었다.

'사막은 바다와 닮은 점이 많구나.'

리틀 붓다는 생각했다.

단순함과 광대함, 아름다움과 고요함, 그리고 숨어
있는 힘. 이 모든 것들이 바다와 사막을 아주 특별하
게 만들었다.

동시에, 바다와 사막은 불쾌한 감정을 불러일으키기
도 했다. 가장 강한 사람까지도 위협하는 사나운 폭
풍우, 어느 누구라도 폭력적인 광기로 몰아넣을 수 있
는 끝없는 단조로움, 그리고 자신이 지구상에서 유일
한 사람인 것처럼 느끼게 하는 대답 없는 공허함 같은
것들.

"당신은 여기서 외로웠던 적이 있어요?"

리틀 붓다가 여인에게 물었다.

"아니요, 외로운 적은 없었어요. 가족과 친구들이 있으니까요. 하지만 어렸을 때는 이곳이 숨 막히게 지루했지요. 하루하루가 똑같다고 느꼈거든요. 늘 같은 일들, 같은 얼굴들. 주위에는 태양과 모래와 야자수뿐이었어요."

여인은 잠시 말을 멈추고 지평선 너머를 흘긋 바라보았다.

"어느 순간, 반복되는 일상을 더는 견딜 수가 없었어요."

"그래서 어떻게 했는데요?"

"도시로 갔어요. 다른 인생을 한번 살아 보고 싶었거든요."

모래 언덕의 정상에 서서 꿈을 꾸는 기분으로 길게 펼쳐진 지평선을 바라보며, 여인은 리틀 붓다에게 도시에서 경험한 일들을 이야기해 주었다.

"그곳에서 2년 동안 아주 즐거웠어요. 그 무엇과도 바꾸고 싶지 않은 시간이었지요. 새로운 사람들을 만나고 매일 새로운 것들을 경험했어요. 얼마 지나지 않아 좋은 일자리를 찾았고, 돈을 충분히 벌어서 근사한 집도 빌리고, 하고 싶었던 것들도 모두 할 수 있었어요. 사막에 있을 때 꿈꿔 왔던 바로 그런 삶을 살았어요.

하지만 도시에서도 지루함을 느끼기 시작했지요. 인생을 멋지게 살 수 있을 만큼 충분한 돈을 벌었지만, 정말로 행복하지는 않았어요. 특별하게 느껴지던 날들은 따분한 일상이 되어 버렸어요. 다른 도시로 이사를 가려고도 생각해 봤지만, 그런다고 해서 더 행복해질 것 같지 않았어요. 그래서 결국엔 사막으로 돌아왔어요. 가족과 오랜 친구들에게로. 태양과 모래와 야자수에게로. 다시 집으로."

정적이 흘렀다. 사막의 바람 소리만이 나지막이 들려왔다.

"그때 도시로 가기를 잘한 것 같아요. 그곳에서 멋진 일들이 많이 있었거든요. 무엇보다도 그때의 경험은 내가 이곳 오아시스에서 얼마나 특별한 삶을 살고 있었는지 깨닫게 해 주었어요.

두고 온 것을 사랑하는 법을 배우려면 때로는 떠날 필요가 있나 봐요."

리틀 붓다는 자신의 집을 떠올렸다. 몇 달 전만 해도, 외로움 때문에 너무 좌절한 나머지 고향의 아름다운 면을 보지 못했다. 하지만 이제 그는 돌아갈 날을 손꼽아 기다리고 있었다. 때로는 잠시 떠나는 것이 가장 좋은 방법일지도 모른다. 일상에서 조금 벗어남으로써, 당연하게 여겼던 모든 것들에 대해 감사하는 마음을 갖게 될 테니까.

"그런데 말이에요."

여인은 이야기를 계속했다.

"사막에서의 삶은 아주 단순해요. 도시 사람들 눈에는 내가 가난해 보이겠지요. 나는 돈도, 가진 것도 별로 없거든요."

그녀는 흐뭇한 미소를 지었다.

"그렇지만 그런 건 전혀 중요하지 않아요. 진정한 부자로 사는 것과 돈은 별로 상관관계가 없거든요. 물론, 돈이 있으면 쉽게 이룰 수 있는 일들도 있겠지요. 하지만 그 누구도 돈으로 진정한 부자가 될 수는 없답니다."

"그럼 무엇이 사람을 부자로 만들어 주나요?"

리틀 붓다가 물었다.

"사랑."

여인이 대답했다.

"사랑은 모든 사람을 부자로 만들어 주지요. 사랑은 돈을 주고 살 수 없는 것이기에, 돈이 얼마나 많은지는 중요하지 않아요."

그녀의 시선이 하늘을 평화롭게 날고 있는 독수리를 따라갔다.

"사람이 정말로 부자일 때가 언제인지 아세요?"

여인의 시선은 다시 리틀 붓다를 향했다.

"당신이 사랑으로 충만해서 사랑을 나누어 줄 수 있을 때. 당신이 감사할 때, 당신이 공유하고 신뢰하고 존중할 때. 인간에게, 자연에게, 생명을 가진 모든 것들에게 당신의 사랑을 보여 줄 때."

다시 침묵이 감돌았다. 저무는 해가 서서히 지평선에 닿았다.

"그럼 당신은요? 진정한 부자라고 생각하세요?"

"네."

여인은 조금도 망설이지 않고 대답했다.

"나는 사랑을 주고, 또 사랑을 받지요. 그래서 나는 부자예요.

물론 더 많은 부를 얻기 위해 노력할 수도 있겠지요. 하지만 그런다고 내가 더 큰 부자가 되는 건 아닐 거예요."

귀 잘린 왕

일주일 뒤에 상인의 행렬이 도착했다. 상인들과 낙타몰이꾼들과 낙타들이 하루를 쉬고 난 다음 날, 리틀 붓다의 여행은 막바지로 접어들었다. 리틀 붓다는 사막의 여인에게 함께 보낸 시간에 대해 고마움을 표하고, 그의 생명을 구해 준 데 대해 깊은 감사의 마음을 전했다. 그리고 낙타 등에 올라타고 상인의 행렬과 함께 사막으로 사라졌다.

　태양은 이글거리며 타올랐다. 마치 지구를 녹여 버

릴 것처럼. 다행히도 리틀 붓다는 만반의 준비를 갖추고 있었다. 사막의 여인은 그를 위해 내리쬐는 태양으로부터 보호해 줄 터번과 길고 헐렁한 겉옷과 충분한 물을 준비해 주었다. 그리고 이번에는 지난번처럼 뜨거운 모래 위를 기를 쓰고 걷지 않아도 되었다. 대신, 리틀 붓다는 타는 듯한 지면에서 꽤 떨어져, 낙타 등 위에 높이 앉아 있었다.

리틀 붓다의 좌우로는 네 명의 낙타몰이꾼 중 한 명과 포동포동 살찐 상인이 낙타를 타고 가고 있었다. 유감스럽게도 상인은 기분이 좋지 않았다. 리틀 붓다와 낙타몰이꾼이 즐겁게 이야기를 나누는 내내, 상인은 한마디도 하지 않았다. 심지어 그들의 이야기를 듣고 있지도 않는 것 같았다. 어쩌다 한 번씩 뭐라고 중얼거렸지만, 아무도 알아들을 수가 없었다.

"저 사람 왜 저렇게 기분이 안 좋아요?"

리틀 붓다가 낙타몰이꾼에게 작은 소리로 물었다.

"일정이 지연되었기 때문이죠. 일주일도 넘게 늦어졌어요. 예정대로라면 이미 한참 전에 사막을 건넜어야 했는데."

낙타몰이꾼이 어깨를 으쓱했다.

"그렇게 걱정할 일은 아니지만, 상인들 중에는 참을 성이 없는 사람들이 많답니다. 예상보다 시간이 오래 걸리면 기분이 금세 상해 버리죠."

"행렬은 왜 늦어진 거예요?"

리틀 붓다는 궁금했다.

"낙타 몇 마리가 아파서 제시간에 출발할 수 없었어 요. 상인들에게는 당연히 짜증스러운 일이겠지요. 물건 을 팔려면 가능한 한 빨리 장이 서는 여러 마을을 돌아 야 하니까요. 그래도 상인들이 여유를 가졌으면 좋겠 어요. 자연 앞에서 더욱 겸손할 줄 알고, 상황이 펼쳐지 는 대로 그저 받아들이는 법을 배웠으면 해요. 세상일 을 모두 이해하지는 못할지라도, 어떤 일이 일어나는 데에는 대부분 그럴 만한 이유가 있게 마련이니까요."

"무슨 뜻이에요?"

"무슨 뜻이냐고요? 글쎄, 누구도 알 수 없을 거예 요. 우리가 늦어진 게 좋은 일이었을지."

여전히 알아듣지 못한 리틀 붓다는 그를 바라보았다.

"이 이야기를 들어 보세요."

낙타몰이꾼이 말했다.

"듣고 나면 내 말이 무슨 뜻인지 알게 될 거예요."

아주 오래전에, 강력한 힘을 가진 왕이 거대한 나라를 통치하고 있었어요. 그는 덕망 있는 왕이었어요. 최선을 다해 백성을 도왔고, 영토 구석구석에 평화가 깃들도록 했어요. 모두가 왕을 존경했고, 감히 누구도 왕에 대해 어떤 험담도 하지 않았어요. 왕에게 미움을 사기를 원치 않았으니까.

왕에게는 수많은 신하들이 있었답니다. 거대한 왕국을 다스리기 위해서는 그들의 도움이 필요했어요. 그중 왕이 특별히 아끼는 총신이 있었어요. 수년에 걸쳐 둘 사이에 우정이 자라났지만, 불행하게도 그들의 우정은 왕궁 사람들의 질투를 불러일으켰어요. 질투심 많은 자들은 총신을 왕에게서 떼어 놓기 위해 일을 꾸몄지만, 늘 실패로 돌아갔어요.

어느 날, 이발을 하러 온 왕은 의자에 편안하게 앉아 있었어요. 그런데 갑자기 궁정 이발사의 손에서 가위가 미끄러지면서, 왕의 오른쪽 귀가 잘려 나갔어요. 왕은 극도로 화가 났답니다.

왕의 귀가 잘려 나갔다는 소식은 온 궁궐에 빠르게 퍼져 나갔고, 질투심 많은 자들의 귀에도 들어갔어요. 그들은 총신에게 이 소식을 알리기로 마음먹었고, 그의 집으로 찾아가 왕의 귀가 잘려 나간 이야기를 했답니다. 주의 깊게 듣고 나서 총신은 이렇게 말했어요.

"신은 언제나 가장 좋은 방향으로 인도할 따름이지요."

질투심 많은 자들에게는 절호의 기회였어요. 그들은 곧바로 왕에게 달려가 총신의 반응을 일러바쳤어요.

"뭐라?"

왕은 화가 머리끝까지 나서 소리쳤어요.

"어떻게 감히 내가 귀를 잃은 것이 잘된 일이라는 듯이 말할 수 있단 말인가?"

몹시 화가 난 왕은 그를 즉시 감옥에 가두라고 명했고, 질투심 많은 신하들은 의기양양한 미소를 감출 수가 없었어요.

그렇게 해서 총신은 감옥에 갇혀 빵과 물만으로 연명하게 되었어요. 많은 친구들과 동료들이 그를 만나러 왔어요. 그들이 마주한 것은 썩 보기 좋은 광경이 아니었어요. 감방은 아주 작고 어둡고 더러웠으며, 총신 역시 그런 감방의 모습을 닮아 가기 시작했답니다. 친구들과 동료들이 걱정하는 것은 너무도 당연했어요. 하지만 매번 그들이 안부를 물을 때마다 충신은 말했어요.

"나는 잘 지낸다네. 그리고 신은 언제나 최선의 길로 인도한다는 것을 믿는다네."

실제로도 그는 낙담하지 않고, 오히려 자신의 상황에 대해 아주 긍정적인 태도를 보였어요.

그가 끄떡없이 잘 지낸다는 사실은 질투심 많은 자들의 마음을 어지럽혔어요. 그들은 다시 왕에게 가서 충신이 한 말을 전했어요.

"으음, 뭐라."

왕이 말했어요.

"감옥에 있는 게 신의 뜻이라고 생각한다면 계속 거기 있으면 되겠군."

질투심 많은 자들의 얼굴에 또다시 미소가 번졌어요.

충신은 계속 감옥에 갇혀 있게 되었지만, 그의 태도는 변함이 없었어요. 그는 여전히 '신은 언제나 가장 좋은 방향으로 인도한다.'라고 말했답니다.

몇 주가 흐르고, 마침내 사냥철이 찾아왔어요. 왕

은 사냥을 아주 좋아했답니다. 어느 날, 아침 일찍 궁을 나선 왕은 깊은 숲으로 들어가 하루 종일 사냥을 다녔어요. 그런데 어둠이 깔리자, 한 무리 도적 떼가 갑자기 왕을 공격했어요. 처음에 왕은 도적 떼라 생각했지만, 머지않아 그들이 식인종이라는 사실을 알게 되었어요. 그들은 왕의 금은보화에는 관심이 없고, 왕의 살코기에만 관심이 있었어요.

식인종들은 은신처로 왕을 끌고 갔어요. 활활 타오르는 불 위에 뜨겁게 달구어진 커다란 솥이 놓여 있었어요. 왕을 솥에 집어넣고 요리할 준비가 모두 끝나 있었어요.

왕의 목숨이 경각에 이르렀을 때, 식인종의 주술사가 나타나 왕을 머리끝부터 발끝까지 구석구석 살폈어요. 그러더니 갑자기 식인종들 사이에서 수군거리는 소리가 들려왔고, 조금 뒤에 왕은 풀려나 다시 자유의 몸이 되었답니다. 어떻게 된 일이었을까요?

식인종의 풍습에는 '순수의 법칙'이 있었어요. 결점 하나 없이 깨끗한 몸을 가진 사람들만 잡아먹을 수 있도록 하는 법칙이지요. 주술사가 왕의 몸을 살

폈을 때 한쪽 귀가 없는 것을 발견했고, 왕은 식인종들에게 쓸모없는 존재가 되어 버렸답니다. 그렇게 해서 왕은 펄펄 끓는 솥에서 벗어나게 되었어요.

궁으로 돌아온 왕은 총신의 말을 떠올렸어요. 그의 오랜 벗이 옳았어요. 이발사가 실수로 귀를 자르지 않았다면, 아마도 왕은 지금쯤 식인종들의 뱃속에 있었겠죠. 왕은 즉시 총신을 감옥에서 석방하고 자신의 앞에 데려오라고 명했어요. 그는 총신에게 숲에서 있었던 일을 이야기하며, 자신의 오해를 인정했어요. 하지만 왕은 아직도 총신의 지혜로운 말을 전적으로 믿을 수가 없었답니다.

"귀를 잃은 것이 내게 최선이었다는 것을 이제는 알겠네. 그런데 감옥에 갇혀 있었던 것이 어째서 그대에게 좋은 일이었단 말인가?"

"그 질문에는 아주 쉽게 답할 수 있습니다."

총신이 말했어요.

"평소였다면 저는 주군의 사냥길에 동행했을 것이고, 식인종들은 신 역시 잡아갔을 것입니다. 왕께서는 한쪽 귀가 없기 때문에 목숨을 건지셨지만, 제 몸은 결점이 없는 상태이니 식인종의 검사를 통과했을 것이고, 식인종의 먹이가 되었겠지요.

왕이시여, 이제는 아시겠습니까? 신은 우리를 가장 좋은 방향으로 인도한다는 것을!"

낙타몰이꾼과 리틀 붓다는 낙타 등에 올라탄 채, 아무 말 없이 유유히 사막을 건너고 있었다.

"우리 일정이 지연된 것이 좋은 일이었을지도 모른다고 했던 내 말을 이제는 이해하겠지요?"

리틀 붓다는 고개를 끄덕였다.

"만약 우리가 예정대로 출발했다면, 아마도 끔찍한 모래 폭풍 속에 갇혔거나 도적들의 공격을 받았을지도 모르지요. 아니면 도중에 낙타들이 병이 들어, 사막 한가운데서 꼼짝없이 발이 묶일 수도 있었을 테고."

"그렇지만 아무 일도 안 일어났을 수도 있잖아요. 그것 역시 아무도 모르는 일인 걸요."

리틀 붓다는 자신의 생각을 조심스럽게 말했다. 그리고 병에 든 물을 한 모금 꿀꺽 마시고는, 상인의 반응을 보기 위해 오른쪽으로 고개를 돌렸다. 역시 이번에도 상인은 듣고 있지 않았다. 변덕스러운 그 남자는 흔들리는 낙타 위에서 꾸벅꾸벅 졸고 있었다.

"그래요, 우리는 알 수가 없어요."

낙타몰이꾼이 말했다.

"하지만 무슨 일이 일어났을지 안 일어났을지는 중요하지 않아요.

중요한 건 믿는 것이랍니다. 마음을 비우고, 모든 일이 일어나는 데에는 다 이유가 있다고 믿는 것."

"무슨 말인지는 알겠어요."

리틀 붓다가 말했다.

"하지만 사람들은 대부분 어떤 것을 믿기 전에 먼저 이성적으로 판단하려는 것 같아요. 더욱이 힘센 왕도 이해하기 어려운 그 어떤 힘을 평범한 사람들이 어떻게 믿을 수 있겠어요?"

"그래요, 어려운 문제라는 건 알아요. 하지만 이렇게 설명할 수 있겠네요.

이성으로는 믿음이 생기지 않아요. 믿음은 오직 마음으로부터 나온답니다."

낙타몰이꾼의 시선이 지평선을 향했다.

"세상에서 일어나는 일에 대해 그 이유를 다 알 수는 없어요. 그래서 나는 그 일이 왜 일어났는지 이성적으로 이해하려고 하기보다는 단순히 믿으려고 해요.

물론 쉽지만은 않아요. 무조건적인 믿음에는 많은 용기가 필요하니까요. 하지만 용기를 내는 것은 가치 있는 일이라고 생각해요. 나에게 있어 믿음은 세상에 존재하는 가장 아름다운 감정이니까요. 이해할 수 없지만, 이해하지 않아도 되는 감정 말이에요.

그래서 나는 눈을 감고 믿는답니다. 결국에는 다 잘될 거라고."

슬픈 광대

기나긴 사흘 밤낮을 사막을 건너고, 또 반나절을
사막 너머의 고원 지대를 지나, 리틀 붓다는 마침내 집
으로 돌아왔다. 저 멀리 서 있는 크고 오래된 보리수
를 보았을 때, 그는 기쁨에 겨워 펄쩍펄쩍 뛰기 시작했
다. 오랜 여행 끝에 다시 익숙한 곳으로 돌아오니 날
아갈 것 같은 기분이었다. 순간순간 기쁨으로 가슴이
벅차오르는 것을 느꼈다.

　리틀 붓다가 집에 돌아온 지 벌써 일주일이 지났다.

집으로 돌아온 기쁨이 차츰 사그라질 때쯤, 지난 여행에 대해 생각하는 시간이 많아졌다. 행복했던 순간들과 특별한 장소들과 독특한 사람들을 떠올렸다. 그리고 보다 나은 선택에 대해서도 생각하게 되었다. 몇 달 동안 집을 떠나 있다가 다시 돌아오는 것과, 익숙한 장소를 벗어나 미지의 세계로 나아가는 것 중에서.

리틀 붓다는 호수와 강의 차이점에 대해 생각해 보았다. 보리수 아래에서의 명상은 산속 맑은 호수의 고요함과 닮았다. 순간순간은 완전한 평온함으로 채워지고, 완벽한 균형의 상태를 이루고 있다. 반면 여행은 강의 역동성을 지니고 있다. 한곳에 오래 머무르지 않고 언제나 움직인다. 때로는 빠르고 때로는 느리지만, 쉼 없이 흐르고 또 흐른다. 물론 이 끊임없는 변화 때문에 많은 힘을 소진해 버리지만, 이러한 변화의 다양성은 삶을 아주 흥미진진하게 만들기도 한다. 마치 거침없는 강이 잔잔한 호수보다 반드시 더 낫다고 할 수는 없지만, 언뜻 보기에는 더 매력적으로 다가오는 것처럼.

이 경이롭고 지속적인 변화가 그립기도 했지만, 리틀 붓다에게는 더 큰 그리움의 대상이 있었다. 그의 새로운 친구들, 행복을 찾아가는 길에 동행해 준 사람들이었다. 리틀 붓다는 그들에게서 좋은 친구가 있다는 것이 무엇을 의미하는지, 그리고 인생에서 정말로 중요한 것이 무엇인지를 배웠다.

여행에서 만난 많은 사람들은 그의 삶의 한 부분이 되었다. 용기 있는 여인, 고민에 빠진 상인, 눈먼 마법사, 참을성 있는 정원사, 심지어 정신없이 바쁜 미스터 싱도 보고 싶었고, 행복한 제빵사, 불안한 전사, 고기 잡는 노인들도 그리웠다. 오아시스의 여인과 낙타몰이꾼도 생각났고, 그들 모두가 들려준 이야기도 다시 떠올랐다. 그들과 작별할 때마다 리틀 붓다는 너무도 힘이 들었다.

또 일주일이 흘렀다. 리틀 붓다는 보리수 아래의 집으로 돌아와서 기뻤지만, 여행의 추억과 여행에서 만난 친구들을 떠올리며 그리움에 젖었다. 그러던 어느 아침, 우체부가 찾아왔다. 리틀 붓다에게 편지가 온 것은 이번이 처음이었다.

누가 편지를 보냈을까 궁금해하며, 리틀 붓다는 설레는 마음으로 편지 봉투를 열었다.

"보고 싶은 친구, 그동안 잘 지냈기를. 우리가 헤어진 후로 제법 글을 많이 써서, 벌써 책의 원고를 반쯤 끝냈어요. 틈틈이 시도 몇 편 썼어요. 그 중 한 편은 세상을 여행하는 나의 친구 리틀 붓다에게서 영감을 얻어 쓴 시예요. 이 편지와 함께 보내요. 마음에 들었으면 좋겠어요.

우리의 길이 곧 다시 만나기를."

도시에서 만난 상인이 보낸 편지였다. 바로 리틀 붓다가 간절히 원하던 것이었다. 좋은 친구로부터의 몇 마디 말.

궁금한 마음으로 리틀 붓다는 시를 읽어 내려갔다.

한 광대 자유를 꿈꾸며
혼자 여행을 떠났네
대륙을 가로질러 바다 건너
넓은 세상 곳곳이 그의 집이었네

아름답고 화려한
그의 삶은 행복했네
웃음의 꽃 피우는
광대의 멋진 인생

어느덧 기쁨에 드리워진 슬픔
고통을 데려왔으니
새로운 친구들과의 작별
슬픔의 이유였네

그들의 길 헤어질 때
광대의 놀이 멈출 것이니
진심의 눈물 흘러내려
심장은 고통으로 일그러지네

어느 날 행운처럼
한 늙은이 찾아와 말했네
슬퍼하라, 오래 슬퍼하지는 말라
친구들은 영원히 여기 있으니

믿으라, 모든 끝은
새로운 길의 시작
작별을 말하지만
언젠가 반드시 다시 만나리

리틀 붓다는 미소 지었다.

'마지막 구절은 정말 큰 위로가 되는구나.'

그는 행복했다. 크고 오래된 보리수 아래에서는 지금 이 순간 외에는 그 어떤 것도 중요하지 않았다.

좋은 친구들은 언제든 다시 만날 것이다. 리틀 붓다의 입가에 미소가 가득 피어올랐다.

'자, 그럼.'

그는 속으로 되뇌었다.

'다시 만나는 날까지.'

옮긴이의 말

    리틀 붓다가 여행하는 세상은 따뜻하다. 천진난만
하고 호기심 많은 리틀 붓다와 함께 등장하는 인물들
은 저마다 세상 누구나가 한 번쯤 가질 만한 의문을
안고, 질문을 던지며, 함께 나누는 대화 속에서 행복을
찾아간다. 그들은 리틀 붓다에게 경험담을 들려주며
지혜를 나누어 주기도 하고, 때로는 동화 속 인물처럼
정감 있고 친근한 모습으로 다가와 서로의 우정을 확
장해 나간다.

    이렇게 리틀 붓다는 무겁지 않게 풀어낸 이야기로
세상의 깊은 이치와 진리를 가르쳐 준다. 아빠가 딸에
게 들려주는 이야기처럼 (작가는 딸을 위해 이 책을
쓰기 시작했다고 한다), 열세 챕터 속 인물들이 전해
주는 이야기는 삶의 지혜와 함께 은은한 감동을 안겨
준다.

    리틀 붓다의 여행기를 한국어로 옮기며, 나는 매일
그가 행복을 찾는 길에 동행하게 되었다. 리틀 붓다는

누구나 살아가며 느꼈을 법한, 언젠가 어느 순간 와닿
았지만 바쁜 일상 속에서 잊고 지냈던 가치들을 다시
떠올리게 해준다. 번역의 과정을 통해 이러한 소중한
가치들을 반복적으로 접하는 동안, 이들은 저절로 아
로새겨져 적절한 조언과 위안을 주었다. 번역 작업이
막연할 때나 출간이 늦어질까 조급해질 때는 어느새
낙타몰이꾼의 말이 떠올랐다.

'글쎄, 누구도 알 수 없을 거예요. 우리가 늦어진 게
좋은 일이었을지.'

번역을 하면서 '잠시 침묵했다', '잠시 말이 없었다',
'다시 말을 이었다'와 같이 반복적으로 나오는 표현을
어떻게 처리할지에 대한 고민이 있었다. 그러나 이러한
표현들은 책을 읽는 동안에 쉼(rest)을 주고, 느린 호
흡으로 음미할 수 있게 하려는 작가의 의도가 아니었
을까 하는 판단에 그대로 살리고자 했다. 또한, 원본
에 충실하되, 일러스트의 배치에 변화를 주어 보다 여
유로운 책으로 구성하려 했다.

이 책이 독자들의 일상에 쉼이 되었으면 좋겠다. 리틀
붓다가 누구에게 어떤 행복을 전해 줄지 기다려진다.

옮긴이 김연수

서울에서 태어났다. 미국 오벌린 음대와 영국
대학원에서 작곡을 전공했고, 미국 컬럼비아대학ㄴ
음악교육을 전공했다. 현재 출판 기획과 번역을 겸하   ㅅ다.

리틀 붓다
행복을 찾아서

초판 1쇄 2017년 6월 30일
초판 3쇄 2018년 1월 2일

지은이   클라우스 미코슈
그린이   게르트 알브레히트
옮긴이   김연수
펴낸이   김연수
펴낸곳   새벽숲

주 소   서울특별시 서초구 반포대로14길 30, 906호
전 화   02) 582-6612, 02) 587-6612
팩 스   02) 586-9078
이메일   hyorim@nate.com

© 2017 새벽숲
ISBN 979-11-87459-04-0   03850